莎士比亚全集·中文本（典藏版）
William Shakespeare: Complete Works

［英］威廉·莎士比亚（William Shakespeare）著

辜正坤 主编／刁克利 译

特洛伊罗斯与克瑞西达

The Tragedy of

Troilus and Cressida

外语教学与研究出版社

北京

京权图字：01-2016-5005

图书在版编目（CIP）数据

特洛伊罗斯与克瑞西达／（英）威廉·莎士比亚（William Shakespeare）著；刁克利译. -- 北京：外语教学与研究出版社，2024.6. --（莎士比亚全集／辜正坤主编）.
ISBN 978-7-5213-5352-5

I. I561.33

中国国家版本馆 CIP 数据核字第 202468SL28 号

特洛伊罗斯与克瑞西达

TELUOYILUOSI YU KERUIXIDA

出 版 人　王　芳
项目负责　邢印姝　郭芮萱
责任编辑　周渝毅
责任校对　李旭洁
封面设计　张　潇
出版发行　外语教学与研究出版社
社　　址　北京市西三环北路 19 号（100089）
网　　址　https://www.fltrp.com
印　　刷　三河市北燕印装有限公司
开　　本　710×1000　1/16
印　　张　12.5
字　　数　200 千字
版　　次　2024 年 6 月第 1 版
印　　次　2024 年 6 月第 1 次印刷
书　　号　ISBN 978-7-5213-5352-5
定　　价　68.00 元

如有图书采购需求，图书内容或印刷装订等问题，侵权、盗版书籍等线索，请拨打以下电话或关注官方服务号：
客服电话：400 898 7008
官方服务号：微信搜索并关注公众号"外研社官方服务号"
外研社购书网址：https://fltrp.tmall.com

物料号：353520001

出版说明

1623 年，莎士比亚的演员同僚们倾注心血结集出版了历史上第一部《莎士比亚全集》——著名的第一对开本，这是三百多年来许多导演和演员最为钟爱的莎士比亚文本。2007 年，由英国皇家莎士比亚剧团（Royal Shakespeare Company）推出的《莎士比亚全集》，则是对第一对开本首次全面的修订。

本套《莎士比亚全集》新汉译本，正是依据当今莎学界最负声望的皇家版《莎士比亚全集》翻译而成。译本的凡例说明如下：

一、**文体**：剧文有诗体和散体之分。未及最右行末即转行的为诗体。文字连排、直至最右行末转行的，则为散体。

二、**舞台提示**：

1）角色的上场与下场及其他舞台提示以仿宋体排出，穿插于剧文中的舞台提示以圆括号进行标注，如：（对亨利王子）。

2）舞台提示中的特殊符号。译本所依据的皇家版《莎士比亚全集》的编辑者对舞台提示中的不确定情形以特殊符号予以标注，译本亦保留了这些符号：如（旁白？）表示某行剧文既可作为旁白，亦可当作对话；又如某个舞台活动置于箭头 ↓↓ 之间，表示它可发生在一场戏中的多个不同时刻。

三、**脚注**：脚注中除标注有"译者附注"字样的，均译自或改编自皇家版《莎士比亚全集》注释。脚注多为对剧文中背景知识及专名的解释，以使读者更好地理解剧情；亦包含部分与英文原文相关的脚注，以使读者在品味译者的佳文时，亦体验到英文原文的精妙。

四、文本：译本以第一对开本为蓝本，部分剧目中四开本与之明显相异的段落亦有译出，附于正文之后，供读者参考。

此《莎士比亚全集》新汉译本历经策划、翻译、编辑加工和印装等工序，各个环节的参与者均竭尽全力，力求完美，但由于水平、精力所限，难免有所错漏，敬请广大读者赐教指正。

外语教学与研究出版社
综合出版事业部

莎士比亚诗体重译集序

辜正坤

他非一代骚人，实属万古千秋。

这是英国大作家本·琼森（Ben Jonson）在第一部《莎士比亚全集》（*Mr. William Shakespeares Comedies, Histories, & Tragedies*, 1623）扉页上题诗中的诗行。三百多年来，莎士比亚在全球逐步成为一个家喻户晓的名字，似乎与这句预言在在呼应。但这并非偶然言中，有许多因素可以解释莎士比亚这一巨大的文化现象产生的必然性。最关键的，至少有下面几点。

首先，其作品内容具有惊人的多样性。世界上很难有第二个作家像莎士比亚这样能够驾驭如此广阔的题材。他的作品内容几乎无所不包，称得上英国社会的百科全书。帝王将相、走卒凡夫、才子佳人、恶棍屠夫……一切社会阶层都展现于他的笔底。从海上到陆地，从宫廷到民间，从国际到国内，从灵界到凡尘……笔锋所指，无处不至。悲剧、喜剧、历史剧、传奇剧，叙事诗、抒情诗……都成为他显示天才的文学样式。从哲理的韵味到浪漫的爱情，从盘根错节的叙述到一唱三叹的诗思，波涛汹涌的情怀，妙夺天工的笔触，凡开卷展读者，无不为之拊掌称绝。即使只从莎士比亚使用过的海量英语词汇来看，也令人产生仰之弥高的感觉。德国语言学家马克斯·缪勒（Max Müller）原以为莎士比亚使用过的词汇最多为 15,000 个，事后证明这当然是小看了语言大师的词汇储藏量。美国教授爱德华·霍尔登（Edward Holden）经过一番考察后，认为至少达 24,000 个。可是他哪里知道，这依然是一种低估。有学者甚至声称用电脑检索出莎士比亚用的词汇多达 43,566 个！当然，这些数据还不是莎士比亚作品之所以产生空前影响的关键因素。

其次，但也许是更重要的原因：他的作品具有极高的娱乐性。文学作品的生命力在于它能寓教于乐。莎士比亚的作品不是枯燥的说教，而是能够给予读者或观众极大艺术享受的娱乐性创造物，往往具有明显的煽情效果，有意刺激人的欲望。这种艺术取向当然不是纯粹为了娱乐而娱乐，掩藏在背后的是当时西方人强有力的人本主义精神，即用以人为本的价值观来对抗欧洲上千年来以神为本的宗教价值观。重欲望、重娱乐的人本主义倾向明显对重神灵、重禁欲的神本主义产生了极大的挑战。当然，莎士比亚的人本主义与中国古人所主张的人本主义有很大的区别。要而言之，前者在相当大的程度上肯定了人的本能欲望或原始欲望的正当性，而后者则主要强调以人的仁爱为本规范人类社会秩序的高尚的道德要求。二者都具有娱乐效果，但前者具有纵欲性或开放性娱乐效果，后者则具有节欲性或适度自律性娱乐效果。换句话说，对于 16、17 世纪的西方人来说，莎士比亚的作品暗中契合了试图挣脱过分禁欲的宗教教义的约束而走向个性解放的千百万西方人的娱乐追求，因此，它会取得巨大成功是势所必然的。

第三，时势造英雄。人类其实从来不缺善于煽情的作手或视野宏阔的巨匠，缺的常常是时势和机遇。莎士比亚的时代恰恰是英国文艺复兴思潮达到鼎盛的时代。禁欲千年之久的欧洲社会如堤坝围裹的宏湖，表面上浪静风平，其底层却汹涌着决堤的纵欲性暗流。一旦湖堤洞开，飞涛大浪呼卷而下，浩浩汤汤，汇作长河，而莎士比亚恰好是河面上乘势而起的弄潮儿，其迎合西方人情趣的精湛表演，遂赢得两岸雷鸣般的喝彩声。时势不光涵盖社会发展的总趋势，也牵连着别的因素。比如说，文学或文化理论界、政治意识形态对莎士比亚作品理解、阐释的多样性与莎士比亚作品本身内容的多样性产生相辅相成的效果。"说不尽的莎士比亚"成了西方学术界的口头禅。西方的每一种意识形态理论,尤其是文学理论,要想获得有效性,都势必会将阐释莎士比亚的作品作为试金石。17 世纪初的人文主义,18 世纪的启蒙主义,19 世纪的浪漫主义,20 世纪的现实主义或批判现实主义,都不同程度地、选择性地把莎士比亚作品作为阐释其理论特点的例证。也许 17 世纪的古典主义曾经阻遏过西方人对莎士比亚作品的过度热情,但是 19 世纪的浪漫主义流派却把莎士比亚作品推崇到无以复加的崇高地位,莎士比亚俨然成了西方文学的神灵。20 世纪以来,西方资本主义阵营和社会主义阵营可以说在意识形态的各个方面都互相对立,势同水火,可是在对待莎士比亚的问题上,居然有着惊人的共识与默契。不用说,社会主义阵营的立场与社会主义理论的创始人马克思(Karl Marx)、恩格斯(Friedrich Engels)个人的审美情趣息息相关。马克思一家都是莎士比亚的粉丝;马克思称莎士比亚为"人类最伟大的天才之一,人类文学奥林波斯山上的宙斯"!他号召作家们要更加莎士比亚化。恩格斯甚至指出:"单是《快乐的温莎巧妇》[1]的第一幕就比全部德国文学包含着更多的生活气息。"不用说,这些话多多少少有某种程度的文学性夸张,但对莎士比亚的崇高地位来说,却无疑产生了极大的推动作用。

第四,1623 年版《莎士比亚全集》奠定莎士比亚崇拜传统。这个版本即眼前译本所依据的皇家版《莎士比亚全集》(*The RSC William Shakespeare: Complete Works*, 2007)的主要内容。该版本产生于莎士比亚去世的第七年。莎士比亚的舞台同仁赫明奇(John Heminge)和康德尔(Henry Condell)整理出版了第一部莎士比亚戏剧集。当时的大学者、大

---

1 英文剧名为 The Merry Wives of Windsor,朱生豪先生译作《温莎的风流娘儿们》;重译本综合考虑剧情和英文书名,译作《快乐的温莎巧妇》。

作家本·琼森为之题诗，诗中写道："他非一代骚人，实属万古千秋。"这个调子奠定了莎士比亚偶像崇拜的传统。而这个传统一旦形成，后人就难以反抗。英国文学中的莎士比亚偶像崇拜传统已经形成了一种自我完善、自我调整、自我更新的机制。至少近两百年来，莎士比亚的文学成就已被宣传成世界文学的顶峰。

第五，现在署名"莎士比亚"的作品很可能不只是莎士比亚一个人的成果，而是凝聚了当时英国若干戏剧创作精英的团体努力。众多大作家的智慧浓缩在以"莎士比亚"为代号的作品集中，其成就的伟大性自然就获得了解释。当然，这最后一点只是莎士比亚研究界若干学者的研究性推测，远非定论。有的莎士比亚著作爱好者害怕一旦证明莎士比亚不是署名为"莎士比亚"的著作的作者，莎士比亚的著作便失去了价值，这完全是杞人忧天。道理很简单，人们即使证明了《红楼梦》的作者不是曹雪芹，或《三国演义》的作者不是罗贯中，也丝毫不影响这些作品的伟大价值。同理，人们即使证明了《莎士比亚全集》不是莎士比亚一个人创作的，也丝毫不会影响《莎士比亚全集》是世界文学中的伟大作品这个事实，反倒会更有力地证明这个事实，因为集体的智慧远胜于个人。

皇家版《莎士比亚全集》译本翻译总思路

横亘于前的这套新译本，是依据当今莎学界最负声望的皇家版《莎士比亚全集》进行翻译的，而皇家版又正是以本·琼森题过诗的 1623 年版《莎士比亚全集》为主要依据。

这套译本是在考察了中国现有的各种译本后，根据新的历史条件和新的翻译目的打造出来的。其总的翻译思路是本套译本主编会同外语教学与研究出版社的相关领导和责任编辑讨论的结果。总起来说，皇家版《莎士比亚全集》译本在翻译思路上主要遵循了以下几条：

1. 版本依据。如上所述，本版汉译本译文以英国皇家版《莎士比亚全集》为基本依据。但在翻译过程中，译者亦酌情参阅了其他版本，以增进对原作的理解。

2. 翻译内容包括：内页所含全部文字。例如作品介绍与评论、正文、注释等。

3. 注释处理问题。对于注释的处理：1）翻译时，如果正文译文已经将英文版某注释的基本含义较准确地表达出来了，则该注释即可取消；2）如果正文译文只是部分地将英文版对应注释的基本含义表达出来，则该注释可以视情况部分或全部保留；3）如果注释本身存疑，可以在保留原注的情况下，加入译者的新注。但是所加内容务必有理有据。

4. 翻译风格问题。对于风格的处理：1）在整体风格上，译文应该尽量逼肖原作整体风格，包括以诗体译诗体，以散体译散体；2）在具体的文字传输处理上，通常应该注重汉译本身的文字魅力，增强汉译本的可读性。不宜太白话，不宜太文言；文白用语，宜尽量自然得体。句子不要太绕，注意汉语自身表达的句法结构，尤其是其逻辑表达方式。意义的异化性不等于文字形式本身的异化性，因此要注意用汉语的归化性来传输、保留原作含义的异化性。朱生豪先生的译本语言流畅、可读性强，但可惜不是诗体，有违原作形式。当下译本是要在承传朱先生译本优点的基础上，根据新时代的读者审美趣味，取得新的进展。梁实秋先生等的译本，在达意的准确性上，比朱译有所进步，也是我们应该吸纳的优点。但是梁译文采不足，则须注意避其短。方平先生等的译本，也把莎士比亚翻译往前推进了一步，在进行大规模诗体翻译方面作出了宝贵的尝试，但是离真正的诗体尚有距离。此外，前此的所有译本对于莎士比亚原作的色情类用语都有程度不同的忽略，本套皇家版译本则尽力在此方面还原莎士比亚的本真状态（论述见后文）。其他还有一些译本，亦都应该受到我们的关注，处理原则类推。每种译本都有自己独特的东西。我们希望美的译文是这套译本的突出特点。

5. 借鉴他种汉译本问题。凡是我们曾经参考过的较好的译本，都在适当的地方加以注明，承认前辈译者的功绩。借鉴利用是完全必要的，但是要正大光明，避免暗中抄袭。

6. 具体翻译策略问题特别关键，下文将其单列进行陈述。

莎士比亚作品翻译领域大转折：真正的诗体译本

莎士比亚首先是一个诗人。莎士比亚的作品基本上都以诗体写成。因此，要想尽可能还原本真的莎士比亚，就必须将莎士比亚作品翻译成为诗体而不是散文，这在莎学界已经成为共识。但是紧接而来的问题是：什么叫诗体？或需要什么样的诗体？

按照我们的想法：1）所谓诗体，首先是措辞上的诗味必须尽可能浓郁；2）节奏上的诗味（包括分行）等要予以高度重视；3）结合中国人的审美习惯，剧文可以押韵，也可以不押韵。但不押韵的剧文首先要满足前两个要求。

本全集翻译原计划由笔者一个人来完成。但是，莎士比亚的创作具有惊人的多样性，其作品来源也明显具有莎士比亚时代若干其他作家与作品的痕迹，因此，完全由某一个译者翻译成一种风格，也许难免偏颇，难以和莎士比亚风格的多样性相呼应。所以，集众人的力量来完成大业，应该更加合理，更加具有可操作性。

具体说来，新时代提出了什么要求？简而言之，就是用真正的诗体翻译莎士比亚的诗体剧文。这个任务，是朱生豪先生无法完成的。朱先生说过，他在翻译莎士比亚作品时，"当然预备全部用散文译出，否则将要了我的命"。[1] 显然，朱先生也考虑过用诗体来翻译莎士比亚著作的问题，但是他的结论是：第一，靠单独一个人用诗体翻译《莎士比亚全集》是办不到的，会因此累死；第二，他用散文翻译也是不得已的办法，因为只有这样他才有可能在有生之年完成《莎士比亚全集》的翻译工作。

　　将《莎士比亚全集》翻译成诗体比翻译成散文体要难得多。难到什么程度呢？和朱生豪先生的翻译进度比较一下就知道了。朱先生翻译得最快的时候，一天可以翻译一万字。[2] 为什么会这么快？朱先生才华过人，这当然是一个因素，但关键因素是：他是用散文翻译的。用真正的诗体就不一样了。以笔者自己的体验，今日照样用散文翻译莎士比亚剧本，最快时也可达到每日一万字。这是因为今日的译者有比以前更完备的注释本和众多的前辈汉译本作参考，至少在理解原著时，要比朱先生当年省力得多，所以翻译速度上最高达到一万字是不难的。但是翻译成诗体就是另外一回事了。这比自己写诗还要难得多。写诗是自己随意发挥，译诗则必须按照别人的意思发挥，等于是戴着镣铐跳舞。笔者自己写诗，诗兴浓时，一天数百行都可以写得出来，但是翻译诗，一天只能是几十行，统计成字数，往往还不到一千字，最多只是朱生豪先生散文翻译速度的十分之一。梁实秋先生翻译《莎士比亚全集》用的也是散文，但是也花了 37 年，如果要翻译成真正的诗体，那么至少得 370 年！由此可见，真正的诗体《莎士比亚全集》汉译本的诞生，有多么艰难。此次笔者约稿的各位译者，都是用诗体翻译，并且都表示花费了大量的时间，

1　见朱生豪大约在 1936 年夏致宋清如信："今天下午，我试译了两页莎士比亚，还算顺利，不过恐怕终于不过是 Poor Stuff 而已。当然预备全部用散文译出，否则将要了我的命。"（《伉俪：朱生豪宋清如诗文选》下卷，中国青年出版社，2013 年，第 94 页）

2　朱生豪："今天因为提起了精神，却很兴奋，晚上译了六千字，今天一共译了一万字。"（同上，第 101 页）

皇家版《莎士比亚全集》译本凝聚了诸位译者的多少努力，也就不言而喻了。

翻译诗体分辨：不是分了行就是真正的诗

主张将莎士比亚剧作翻译成诗体成了共识，但是什么才是诗体，却缺乏共识。在白话诗盛行的时代，许多人只是简单地认定分了行的文字就是诗这个概念。分行只是一个初级的现代诗要求，甚至不必是必然要求，因为有些称为诗的文字甚至连分行形式都没有。不过，在莎士比亚作品的翻译上，要让译文具有诗体的特征，首先是必定要分行的，因为莎士比亚原作本身就有严格的分行形式。这个不用多说。但是译文按莎士比亚的方式分了行，只是达到了一个初级的低标准。莎士比亚的剧文读起来像不像诗，还大有讲究。

卞之琳先生对此是颇有体会的。他的译本是分行式诗体，但是他自己也并不认为他译出的莎士比亚剧本就是真正的诗体译本。他说：读者阅读他的译本时，"如果……不感到是诗体，不妨就当散文读，就用散文标准来衡量"。[1] 这是一个诚实的译者说出的诚实话。不过，卞先生很谦虚，他有许多剧文其实读起来还是称得上诗体的。原因是什么？原因是他注意到了笔者上文提到的两点：第一，诗的措辞；第二，诗的节奏。只不过他迫于某些客观原因，并没有自始至终侧重这方面的追求而已。

显然，一些译本翻译了莎士比亚的剧文，在行数上靠近莎士比亚原作，措辞也还流畅。这些是不是就是理想的诗体莎士比亚译本呢？笔者认为，这还不够。什么是诗，对于中国人来说有几千年的历史，我们不

1　卞之琳：《莎士比亚悲剧四种》，方志出版社，2007年，第4页。

能脱离这个悠久的传统来讨论这个问题。为此，我们不得不重新提到一些基本概念：什么是诗？什么是诗歌翻译？

诗歌是语言艺术，诗歌翻译也就必须是语言艺术

讨论诗歌翻译必须从讨论诗歌开始。

诗主情。诗言志。诚然。但诗歌首先应该是一种精妙的语言艺术。同理，诗歌的翻译也就不得不首先表现为同类精妙的语言艺术。若译者的语言平庸而无光彩，与原作的语言艺术程度差距太远，那就最多只是原诗含义的注释性文字，算不得真正的诗歌翻译。

那么，何谓诗歌的语言艺术？

无他，修辞造句、音韵格律一整套规矩而已。无规矩不成方圆，无限制难成大师。奥运会上所有的技能比赛，无不按照特定的规矩来显示参赛者高妙的技能。德国诗人歌德（Johann Wolfgang von Goethe）《自然和艺术》（"Natur und Kunst"）一诗最末两行亦彰扬此理：

非限制难见作手，

唯规矩予人自由。[1]

艺术家的"自由"，得心应手之谓也。诗歌既为语言艺术，自然就有一整套相应的语言艺术规则。诗人应用这套规则时，一旦达到得心应手的程度，那就是达到了真正成熟的境界。当然，规矩并非一点都不可打破，但只有能够将规矩使用到随心所欲而不逾矩的程度的人，才真正有资格去创立新规矩，丰富旧规矩。创新是在承传旧规则长处的基础上来进行的，而不是完全推翻旧规则，肆意妄为。事实证明，在语言艺术上

---

1 In der Beschränkung zeigt sich erst der Meister, / Und das Gesetz nur kann uns Freiheit geben. 参见 http://www.business-it.nl/files/7d413a5dca62fc735a072b16fbf050b1-27.php.

凡无视积淀千年的诗歌语言规则，随心所欲地巧立名目、乱行胡来者，永不可能在诗歌语言艺术上取得大的成就，所以歌德认为：

> 若徒有放任习性，
> 则永难至境遨游。[1]

诗歌语言艺术如此需要规则，如此不可放任不羁，诗歌的翻译自然也同样需要相类似的要求。这个要求就是笔者前面提出的主张：若原诗是精妙的语言艺术，则理论上说来，译诗也应是同类精妙的语言艺术。

但是，"同类"绝非"同样"。因为，由于原作和译作使用的语言载体不一样，其各自产生的语言艺术规则和效果也就各有各的特点，大多不可同样复制、照搬。所以译作的最高目标，是尽可能在译入语的语言艺术领域达到程度大致相近的语言艺术效果。这种大致相近的艺术效果程度可叫作"最佳近似度"。它实际上也就是一种翻译标准，只不过针对不同的文类，最佳近似度究竟在哪些因素方面可最佳程度地（并不一定是最大程度地）取得近似效果，不是一成不变的，而是具有高度的灵活性。不同的文类，甚至针对不同的受众，我们都可以设定不同的最佳近似度。这点在拙著《中西诗比较鉴赏与翻译理论》（清华大学出版社，2010 年）的相关章节中有详细的厘定，此不赘。

话与诗的关系：话不是诗

古人的口语本来就是白话，与现在的人说的口语是白话一个道理。

1　Vergebens werden ungebundene Geister / Nach der Vollendung reiner Höhe streben.
参 见 http://www.cosmiq.de/qa/show/3454062/Vergebens-werden-ungebundne-Geister-Nach-der-Vollendung-reiner-Hoehe-streben-Was-ist-die-Bedeutung-dieser-2-Verse-Ich-komm-nicht-drauf/t.

正因为白话太俗，不够文雅，古人慢慢将白话进行改进，使它更加规范、更加准确，并且用语更加丰富多彩，于是文言产生。在文言的基础上，还有更文的文字现象，那就是诗歌，于是诗歌产生。所以就诗歌而言，文言味实际上就是一种特殊的诗味。文言有浅近的文言，也有佶屈聱牙的文言。中国传统诗歌绝大多数是浅近的文言，但绝非口语、白话。诗中有话的因素，自不待言，但话的因素往往正是诗试图抑制的成分。

文言和诗歌的产生是低俗的口语进化到高雅、准确层次的标志。文言和诗歌的进一步发展使得语言的艺术性愈益增强。最终，文言和诗歌完成了艺术性语言的结晶化定型。这标志着古代文学和文学语言的伟大进步。《诗经》、楚辞、唐诗、宋词、元明戏曲，以及从先秦、汉、唐、宋、元至明清的散文等，都是中国语言艺术逐步登峰造极的明证。

人们往往忘记：话不是诗，诗是话的升华。话据说至少有**几十万年**的历史，而诗却只有**几千年**的历史。白话通过漫长的岁月才升华成了诗。因此，从理论上说，白话诗不是最好的诗，而只是低层次的、初级的诗。当一行文字写得不像是话时，它也许更像诗。"太阳落下山去了"是话，硬说它是诗，也只是平庸的诗，人人可为。而同样含义的"白日依山尽"不像是话，却是真正的诗，非一般人可为，只有诗人才写得出。它的语言表达方式与一般人的通用白话脱离开来了，实现了与通用语的偏离（deviation from the norm）。这里的通用语指人们天天使用的白话。试想把唐诗宋词译成白话，还有多少诗味剩下来？

谢谢古代先辈们一代又一代、不屈不挠的努力，话终于进化成了诗。

但是，20 世纪初一些激进的中国学者鼓荡起一场声势浩大的白话文运动。

客观说来，用白话文来书写、阅读自然科学和人文科学文献，例如哲学、政治学、伦理学、经济学等等文献，这都是**伟大的进步**。这个进步甚至可以上溯到八百多年前朱熹等大学者用白话体文章传输理学思想。对此笔者非常拥护，非常赞成。

但是约一百年前的白话诗运动却未免走向了极端，事实上是一种语言艺术方面的倒退行为。已经高度进化的诗词曲形式被强行要求返祖回归到三千多年前的类似白话的状态，已经高度语言艺术化了的诗被强行要求退化成话。艺术性相对较低的白话反倒成了正统，艺术性较高的诗反倒成了异端。其实，容许口语类白话诗和文言类诗并存，这才是正确的选择。但一些激进学者故意拔高白话地位，在诗歌创作领域搞成白话至上主义，这就走上了极端主义道路。

这个运动影响到诗歌翻译的结果是什么呢？结果是西方所有的大诗人，不论是古代的还是近代的，如荷马（Homer）、但丁（Dante）、莎士比亚、歌德、雨果（Victor Hugo）、普希金（Alexander Pushkin）……都莫名其妙地似乎用同一支笔写出了 20 世纪初才出现的味道几乎相同的白话文汉诗！

将产生这种极端性结果的原因再回推，我们会清楚地明白，当年的某些学者把文学艺术简单雷同于人文社会科学，误解了文学艺术，尤其是诗歌艺术的特殊性质，误以为诗就是话，混淆了诗与话的形式因素。

针对莎士比亚戏剧诗的翻译对策

由上可知，莎士比亚的剧文既然大多是格律诗，无论有韵无韵，它们都是诗，都有格律性。因此在汉译中，我们就有必要显示出它具有格律性，而这种格律性就是诗性。

问题在于，格律性是附着在语言形式上的；语言改变了，附着其上的格律性也就大多会消失。换句话说，格律大多不可复制或模仿，这就正如用钢琴弹不出二胡的效果，用古筝奏不出黑管的效果一样。但是，原作的内在旋律是可以模仿的，只是音色变了。原作的诗性是可以换个形式营造的，这就是利用汉语本身的语言特点营造出大略类似的语言艺术审美效果。

由于换了另外一种语言媒介，原作的语音美设计大多已经不能照搬、复制，甚至模拟了，那么我们就只好断然舍弃掉原作的许多语音美设计，而代之以译入语自身的语言艺术结构产生的语音美艺术设计。当然，原作的某些语音美设计还是可以尝试模拟保留的，但在通常的情况下，大多数的语音美已经不可能传输或复制了。

利用汉语本身的语音审美特点来营造莎士比亚诗歌的汉译语音审美效果，是莎士比亚作品翻译的一个有效途径。机械照搬原作的语音审美模式多半会失败，并且在大多数的场合下也没有必要。

具体说来，这就涉及翻译莎士比亚戏剧作品时该如何处理：1）节奏；2）韵律；3）措辞。笔者主张，在这三个方面，我们都可以适当借鉴利用中国古代词曲体的某些因素。戏剧剧文中的诗行一般都不宜多用单调的律诗和绝句体式。元明戏剧为什么没有采用前此盛行的五言或七言诗行而采用了长短错杂、众体皆备的词曲体？这是一种艺术形式发展的必然。元明曲体由于要更好更灵活地满足抒情、叙事、论理等诸多需要，故借用发展了词的形式，但不是纯粹的词，而是融入了民间语汇。词这种形式涵盖了一言、二言、三言、四言、五言、六言、七言、八言……乃至十多言的长短句式，因此利于表达变化莫测的情、事、理。从这个意义上看，莎士比亚剧文语言单位的参差不齐状态与中文词曲体句式的参差不齐状态正好有某种相互呼应的效果。

也许有人说，莎士比亚的剧文虽然是格律诗，但并不怎么押韵，因此汉诗翻译也就不必押韵。这个说法也有一定道理，但是道理并不充实。

首先，我们应该明白，既然莎士比亚的剧文是诗体，人们读到现今

的散体译文或不押韵的分行译文却难以感受到其应有的诗歌风味，原因
即在于其音乐性太弱。如果人们能够照搬莎士比亚素体诗所惯常用的音
步效果及由此引起的措辞特点，当然更好。但事实上，原作的节奏效果
是印欧语系语言本身的效果，换了一种语言，其效果就大多不能搬用了，
所以我们只好利用汉语本身的优势来创造新的音乐美。这种音乐美很难
说是原作的音乐美，但是它毕竟能够满足一点：即诗体剧文应该具有诗
歌应有的音乐美这个起码要求。而汉译的押韵可以强化这种音乐美。

　　其次，莎士比亚的剧文不押韵是由诸多因素造成的。第一，属于印
欧语系语言的英语在押韵方面存在先天的多音节不规则形式缺陷，导致
押韵词汇范围相对较窄。所以对于英国诗人来说，很苦于押韵难工；莎
士比亚的许多押韵体诗，例如十四行诗，在押韵方面都不很工整。其次，
莎士比亚的剧文虽不押韵，却在节奏方面十分考究，这就弥补了音韵方
面的不足。第三，莎士比亚的剧文几乎绝大多数是诗行，对于剧作者来
说，每部长达两三千行的诗行行都要押韵，这是一个极大的挑战，很难
完成。而一旦改用素体，剧作者便会轻松得多。但是，以上几点对于汉
语译本则不是一个问题。汉语的词汇及语音构成方式决定了它天生就是
一种有利于押韵的艺术性语言。汉语存在大量同韵字，押韵是一件很容
易的事情。汉语的语音音调变化也比莎士比亚使用的英语的音调变化空
间大一倍以上。汉语音调至少有四种（加上轻重变化可达六至八种），而
英语的音调主要局限于轻重语调两种，所以存在于印欧语系文字诗歌中
的频频押韵有时会产生的单调感，在汉语中会在很大程度上由于语调的
多变而得到缓解。故汉语戏剧剧文在押韵方面有很大的潜在优势空间，
实际上元明戏剧剧文频频押韵就是证明。

　　第三，莎士比亚的剧文虽然很多不押韵，但却具极强的节奏感。他
惯用的格律多半是抑扬格五音步（iambic pentameter）诗行。如果我们在
节奏方面难以传达原作的音美，或者可以通过韵律的音美来弥补节奏美

的丧失，这种翻译对策谓之堤内损失堤外补，亦谓失之东隅，收之桑榆。我们的语言在某方面有缺陷，可以通过另一方面的优点来弥补。当然，笔者主张在一定程度上借鉴利用传统词曲的风味，却并不主张使用宋词、元曲式的严谨格律，而只是追求一种过分散文化和过分格律化之间的妥协状态。有韵但是不严格，要适当注意平仄，但不过多追求平仄效果及诗行的整齐与否；不必有太固定的建行形式，只是根据诗歌本身的内容和情绪赋予适当的节奏与韵式。在措辞上则保持与白话有一段距离，但是绝非佶屈聱牙的文言，而是趋近典雅、但普通读者也能读懂的语言。

最后，根据翻译标准多元互补论原理，由于莎士比亚作品在内容、形式及审美效应方面具有多样性，因此，只用一种类乎纯诗体译法来翻译所有的莎士比亚剧文，也是不完美的，因为单一的做法也许无形中堵塞了其他有益的审美趣味通道。因此，这套译本的译风虽然整体上强调诗化、诗味，但是在营造诗味的途径和程度上不是单一的。我们允许诗体译风的灵活性和创新性。多译者译法实际上也是在探索诗体译法的诸多可能性，这为我们将来进一步改进这套译本铺垫了一条较宽的道路。因此，译文从严格押韵、半押韵到不押韵的各个程度，译本都有涉猎。但是，无论是否押韵，其节奏和措辞应该总是富于诗意，这个要求则是统一的。这是我们对皇家版《莎士比亚全集》译本的语言和风格要求。不能说我们能完全达到这个目标，但我们是往这个方向努力的。正是这样的努力，使这套译本与前此译本有很大的差异，在一定的意义上来说，标志着中国莎士比亚著作翻译的一次大转折。

翻译突破：还原莎士比亚作品禁忌区域

另有一个课题是中国学者从前讨论得比较少的禁忌领域，即莎士比亚著作中的性描写现象。

　　许多西方学者认为，莎士比亚酷爱色情字眼，他的著作渗透着性描写、性暗示。只要有机会，他就总会在字里行间，用上与性相联系的双关语。西方人很早就搜罗莎士比亚著作的此类用语，编纂了莎士比亚淫秽用语词典。这类词典还不止一种。1995 年，我又看到弗朗基·鲁宾斯坦（Frankie Rubinstein）等编纂了《莎士比亚性双关语释义词典》（*A Dictionary of Shakespeare's Sexual Puns and Their Significance*），厚达372 页。

　　赤裸裸的性描写或过多的淫秽用语在传统中国文学作品中是受到非议的，尽管有《金瓶梅》这样被判为淫秽作品的文学现象，但是中国传统的主流舆论还是抑制这类作品的。莎士比亚的作品固然不是通常意义上的淫秽作品，但是它的大量实际用语确实有很强的色情味。这个极鲜明的特点恰恰被前此的所有汉译本故意掩盖或在无意中抹杀掉。莎士比亚的所有汉译者，尤其是像朱生豪先生这样的译者，显然不愿意中国读者看到莎士比亚的文笔有非常泼辣的大量使用性相关脏话的特点。这个特点多半都被巧妙地漏译或改译。于是出现一种怪现象，莎士比亚著作中有些大段的篇章变成汉语后，尽管读起来是通顺的，读者对这些话语却往往感到莫名其妙。以《罗密欧与朱丽叶》第一幕第一场前面的 30 行台词为例，这是凯普莱特家两个仆人山普孙与葛莱古里之间的淫秽对话。但是，读者阅读过去的汉译本时，很难看到他们是在说淫秽的脏话，甚至会认为这些对话只是仆人之间的胡话，没有什么意义。

　　不过，前此的译本对这类用语和描写的态度也并不完全一样，而是依据年代距离在逐步改变。朱生豪先生的译本对这些东西删除改动得最多，梁实秋先生已经有所保留，但还是有节制。方平先生等的译本保留得更多一些，但仍然持有相当的保留态度。此外，从英语的不同版本看，有的版本注释得明白，有的版本故意模糊，有的版本注释者自己也没有弄懂这些双关语，那就更别说中国译者了。

在这一点上，我们目前使用的皇家版《莎士比亚全集》是做得最好的。

那么，我们该怎样来翻译莎士比亚的这种用语呢？是迫于传统中国道德取向的习惯巧妙地回避，还是尽可能忠实地传达莎士比亚的本真用意？我们认为，前此的译本依据各自所处时代的中国人道德价值的接受状态，采用了相应的翻译对策，出现了某种程度的曲译，这是可以理解的，是特定历史条件下的产物。但是，历史在前进，中国人的道德观已经有了很大的改变，尤其是在性禁忌领域。说实话，无论我们怎样真实地还原莎士比亚著作中的性双关描写，比起当代文学作品中有时无所忌讳的淫秽描写来，莎士比亚还真是有小巫见大巫的感觉。换句话说，目前中国人在这方面的外来道德价值接受状态，已经完全可以接受莎士比亚著作中的性双关用语了。因此，我们的做法是尽可能真实还原莎士比亚性相关用语的现象。在通常的情况下，如果直译不能实现这种现象的传输，我们就采用注释。可以说，在这方面，目前这个版本是所有莎士比亚汉译本中做得最超前的。

译法示例

莎士比亚作品的文字具有多种风格，早期的、中期的和晚期的语言风格有明显区别，悲剧、喜剧、历史剧、十四行诗的语言风格也有区别。甚至同样是悲剧或喜剧，莎士比亚的语言风格往往也会很不相同。比如同样是属于悲剧，《罗密欧与朱丽叶》剧文中就常常有押韵的段落，而大悲剧《李尔王》却很少押韵；同样是喜剧，《威尼斯商人》是格律素体诗，而《快乐的温莎巧妇》却大多是散文体。

与此现象相应，我们的翻译当然也就有多种风格。虽然不完全一一对应，但我们有意避免将莎士比亚著作翻译成千篇一律的一种文体。从这个意义上说，皇家版《莎士比亚全集》汉译本在某些方面采用了全新的译法。这种全新译法不是孤立的一种译法，而是力求展示多种翻译风格、多种审美尝试。多样化为我们将来精益求精提供了相对更多的选择。如果现在固定为一种单一的风格，那么将来要想有新的突破，就困难了。概括说来，我们的多种翻译风格主要包括：1）有韵体诗词曲风味译法；2）有韵体现代文白融合译法；3）无韵体白话诗译法。下面依次选出若干相应风格的译例，供读者和有关方面品鉴。

一、有韵体诗词曲风味译法

有韵体诗词曲风味译法注意使用一些传统诗词曲中诗味比较浓郁的词汇，同时注意遣词不偏僻，节奏比较明快，音韵也比较和谐。但是，它们并不是严格意义上的传统诗词曲，只是带点诗词曲的风味而已。例如：

女巫甲　何时我等再相逢？
　　　　　闪电雷鸣急雨中？

女巫乙　待到硝烟烽火静，
　　　　　沙场成败见雌雄。

女巫丙　残阳犹挂在西空。　　　　　　　（《麦克白》第一幕第一场）

小丑甲　当时年少爱风流，
　　　　　有滋有味有甜头；
　　　　　行乐哪管韶华逝，
　　　　　天下柔情最销愁。　　　　　　　（《哈姆莱特》第五幕第一场）

朱丽叶　天未曙，罗郎，何苦别意匆忙？
　　　　鸟音啼，声声亮，惊骇罗郎心房。
　　　　休听作破晓云雀歌，只是夜莺唱，
　　　　石榴树间，夜夜有它设歌场。
　　　　信我，罗郎，端的只是夜莺轻唱。

罗密欧　不，是云雀报晓，不是莺歌，
　　　　看东方，无情朝阳，暗洒霞光，
　　　　流云万朵，镶嵌银带飘如浪。
　　　　星斗如烛，恰似残灯剩微芒，
　　　　欢乐白昼，悄然驻步雾嶂群岗。
　　　　奈何，我去也则生，留也必亡。

朱丽叶　听我言，天际微芒非破晓霞光，
　　　　只是金乌，吐射流星当空亮，
　　　　似明炬，今夜为郎，朗照边邦，
　　　　何愁它曼托瓦路，漫远悠长。
　　　　且稍待，正无须行色皇皇仓仓。

罗密欧　纵身陷人手，蒙斧钺加诛于刑场；
　　　　只要这勾留遂你愿，我欣然承当。
　　　　让我说，那天际灰朦，非黎明醒眼，
　　　　乃月神眉宇，幽幽映现，淡淡辉光；
　　　　那歌鸣亦非云雀之讴，哪怕它
　　　　嚣然振动于头上空冥，嘹亮高亢。
　　　　我巴不得栖身此地，永不他往。
　　　　来吧，死亡！倘朱丽叶愿遂此望。
　　　　如何，心肝？畅谈吧，趁夜色迷茫。

　　　　　　　　　　　　（《罗密欧与朱丽叶》第三幕第五场）

二、有韵体现代文白融合译法

有韵体现代文白融合译法的特点是：基本押韵，措辞上白话与文言尽量能够水乳交融；充分利用诗歌的现代节奏感，俾便能够念起来朗朗上口。例如：

哈姆莱特 死，还是生？这才是问题根本：

莫道是苦海无涯，但操戈奋进，

终赢得一片清平；或默对逆运，

忍受它箭石交攻，敢问，

两番选择，何为上乘？

死灭，睡也，倘借得长眠

可治心伤，愈千万肉身苦痛痕，

则岂非美境，人所追寻？死，睡也，

睡中或有梦魇生，唉，症结在此；

倘能撒手这碌碌凡尘，长入死梦，

又谁知梦境何形？念及此忧，

不由人踌躇难定：这满腹疑情

竟使人苟延年命，忍对苦难平生。

假如借短刀一柄，即可解脱身心，

谁甘愿受人世的鞭挞与讥评，

强权者的威压，傲慢者的骄横，

失恋的痛楚，法律的耽延，

官吏的暴虐，甚或默受小人

对贤德者肆意拳脚加身？

谁又愿肩负这如许重担，

流汗、呻吟，疲于奔命，

倘非对死后的处境心存疑云，

惧那未经发现的国土从古至今
无孤旅归来，意志的迷惘
使我辈宁愿忍受现世的忧闷，
而不敢飞身投向未知的苦境？
前瞻后顾使我们全成懦夫，
于是，本色天然的决断决行，
罩上了一层思想的惨淡余阴，
只可惜诸多待举的宏图大业，
竟因此如逝水忽然转向而行，
失掉行动的名分。　　　　（《哈姆莱特》第三幕第一场）

麦克白　若做了便是了，则快了便是好。
若暗下毒手却能横超果报，
割人首级却赢得绝世功高，
则一击得手便大功告成，
千了百了，那么此际此宵，
身处时间之海的沙滩、岸畔，
何管它来世风险逍遥。但这种事，
现世永远有裁判的公道：
教人杀戮之策者，必受杀戮之报；
给别人下毒者，自有公平正义之手
让下毒者自食盘中毒肴。　　　（《麦克白》第一幕第七场）

损神，耗精，愧煞了浪子风流，
都只为纵欲眠花卧柳，
阴谋，好杀，赌假咒，坏事做到头；

心毒手狠，野蛮粗暴，背信弃义不知羞。
才尝得云雨乐，转眼意趣休。
舍命追求，一到手，没来由
便厌腻个透。呀恰，恰像是钓钩，
但吞香饵，管教你六神无主不自由。
求时疯狂，得时也疯狂，
曾有，现有，还想有，要玩总玩不够。
适才是甜头，转瞬成苦头。
求欢同枕前，梦破云雨后。
唉，普天下谁不知这般儿歹症候，
却避不得便往这通阴曹的天堂路儿上走！

（十四行诗第一百二十九首）

三、无韵体白话诗译法

无韵体白话诗译法的特点是：虽然不押韵，但是译文有很明显的和谐节奏，措辞畅达，有诗味，明显不是普通的口语。例如：

贡妮芮　父亲，我爱您非语言所能表达；
　　　　胜过自己的眼睛、天地、自由；
　　　　超乎世上的财富或珍宝；犹如
　　　　德貌双全、康强、荣誉的生命。
　　　　子女献爱，父亲见爱，至多如此；
　　　　这种爱使言语贫乏，谈吐空虚：
　　　　超过这一切的比拟——我爱您。（《李尔王》第一幕第一场）

李尔　　国王要跟康沃尔说话，慈爱的父亲
　　　　要跟他女儿说话，命令、等候他们服侍。

这话通禀他们了吗？我的气血都飙起来了！
火爆？火爆公爵？去告诉那烈性公爵——
不，还是别急：也许他是真不舒服。
人病了，常会疏忽健康时应尽的
责任。身子受折磨，
逼着头脑跟它受苦，
人就不由自主了。我要忍耐，
不再顺着我过度的轻率任性，
把难受病人偶然的发作，错认是
健康人的行为。我的王权废掉算了！
为什么要他坐在这里？这种行为
使我相信公爵夫妇不来见我
是伎俩。把我的仆人放出来。
去跟公爵夫妇讲，我要跟他们说话，
现在就要。叫他们出来听我说，
不然我要在他们房门前打起鼓来，
不让他们好睡。　　　　　（《李尔王》第二幕第二场）

奥瑟罗　　诸位德高望重的大人，
　　　　　我崇敬无比的主子，
　　　　　我带走了这位元老的女儿，
　　　　　这是真的；真的，我和她结了婚，说到底，
　　　　　这就是我最大的罪状，再也没有什么罪名
　　　　　可以加到我头上了。我虽然
　　　　　说话粗鲁，不会花言巧语，
　　　　　但是七年来我用尽了双臂之力，

直到九个月前，我一直
都在战场上拼死拼活，
所以对于这个世界，我只知道
冲锋向前，不敢退缩落后，
也不会用漂亮的字眼来掩饰
不漂亮的行为。不过，如果诸位愿意耐心听听，
我也可以把我没有化装掩盖的全部过程，
一五一十地摆到诸位面前，接受批判：
我绝没有用过什么迷魂汤药、魔法妖术，
还有什么歪门邪道——反正我得到他的女儿，
全用不着这一套。　　　　　　　　（《奥瑟罗》第一幕第三场）

目　录

出版说明.. i

莎士比亚诗体重译集序...iii

《特洛伊罗斯与克瑞西达》导言.. 1

特洛伊罗斯与克瑞西达.. 11

译后记.. 164

《特洛伊罗斯与克瑞西达》导言

　　较之莎士比亚的其他剧作，《特洛伊罗斯与克瑞西达》也许更能显示其创作成熟状态的水准。此剧心智超拔，修辞手法多变，语言富于创新，心理描写精确，道德怀疑主义倾向明显，性暗示比比皆是，充满了危险的理性与政治质疑，悲观情绪引人注目。其最明显的特征是，无法在类属上对其进行划分。

　　该剧创作于莎士比亚一系列伟大喜剧作品的末期。著于相近时期的《一报还一报》（*Measure for Measure*）和《皆大欢喜》（*All's Well that Ends Well*）中部分内容所体现的犬儒主义，与这些阴郁喜剧对人的性行为的粗俗调侃与关注，使得 20 世纪早期的批评家将《特洛伊罗斯与克瑞西达》与这些喜剧一道，归类于"问题剧"这一标签之下。第一对开本将此剧排印在历史剧与悲剧之间，这是一个合适的位置：它的确是一部悲剧，所描写的特洛伊战争取材于荷马（Homer）的《伊利亚特》（*Iliad*），是西方悲剧的基本主题。但是在 1609 年刊行的四开本中，它以《特洛伊罗斯和克瑞西达的著名历史》（*The Famous History of Troilus and Cresseid*）为标题单独出版，这个标题强调了这个古典史诗故事的中世纪浪漫色彩。在一些四开本的版本中有一篇序文，在这两种分类法中取了一个微妙的平衡，承认此剧"赢得喜剧行家里手的一致喝彩"，但又强调其严肃的文学内容，并赞扬莎士比亚的著作"对人生的描写如此贴切精辟，可以看作是对我们生活中所有行为之最具代表性的揭示"。

很多现代批评家认为无论称其为历史剧、喜剧或悲剧，都无法窥其精髓，转而将《特洛伊罗斯与克瑞西达》看作是讽刺剧，这也有一定道理。与阿喀琉斯、阿伽门农、埃阿斯、赫克托耳等有关的战争情节主要取材于荷马史诗及其后来的相关作品，最著名的是乔治·查普曼（George Chapman）翻译成高雅的英语诗体、出版于 1598 年的七卷本《伊利亚特》。特洛伊罗斯与克瑞西达的爱情情节、潘达洛斯对二人的撮合，以及克瑞西达在希腊营中的不忠行为则主要取材于乔叟（Chaucer）的《特洛伊罗斯与克瑞西达》（*Troilus and Criseyde*）。每个情节的处理都带有嘲讽态度。剧作的爱情情节是反罗曼司的，而其军事情节又是反史诗的。在莎士比亚采取反英雄手法表现特洛伊战争中的伟大英雄的时候，他在风格和态度上均诋损了查普曼翻译的荷马史诗。"开场白"的措辞模仿了查普曼的文学语言风格："众君王生性骄傲"、"头戴王冠头饰的勇士"、"坚固的城墙"、"坚甲利刃"等。但是第一幕开启时，特洛伊罗斯却说："我要再次解下甲胄"，并且将自己说成"比女人的眼泪还软弱……比深夜的处女还胆怯"。对"女性化"语言的承认彻底剥离了战争中的男性英雄气概。但其后对爱情的描写也具有相似的效果：潘达洛斯把爱的艺术比喻成做面包，把求爱的过程描述为从磨面、过筛、揉团、发酵到最后的冷却等。特洛伊罗斯用宫廷语言将他的爱情理想化，但与此同时又将自己的欲望比作一个伤口，说它是"我心头的伤口"。

伤疤、脓包、腐烂流脓之类的词语在全剧中比比皆是，而满嘴污言秽语的忒耳西忒斯对战争作出了最真实的评论。在剧作的第二场，我们第一次看到了对赫克托耳的描述。赫克托耳是传统意义上最高贵的英雄，然而在第二场人们却说他暴躁易怒，表现为责骂他忠实的妻子安德洛玛刻，并打了给他披挂盔甲的仆人。一个尊贵的人应该尊敬他的妻子和仆人：赫克托耳的名誉因而自一开场就受到质疑。从赫克托耳责打给他披挂盔甲的仆人到他可悲的下场，即他由于一个虚荣的行为而送了命——为换上一个被他杀死的武士的金甲而卸下自己的盔甲，这之间有清晰的发展脉络。荷马史诗中的另一位大英雄埃阿斯的第一次亮相则更有揭露性。"他们说他不一般，与众不同很过硬"，阿勒克珊德说，这话听起来好像是夸耀这个史诗英雄自立自强的光荣品质。"所有男人都硬啊，除非他们喝醉、生病，或者没有腿"，克瑞西达回答说。她的回答将"很过硬"作字面意思理解，从而将其贬损为不光彩的生理反应。而且，可以肯定的是，埃阿斯的确被证明是一个很没有英雄气概的笨蛋。至于说伟大的阿喀琉斯，他拒绝上战场，整天在营帐里与他的同性恋人帕特洛克罗斯混在一起，以拙劣模仿其他希腊将军的行为取乐。无论是从英雄范式或是宫廷爱情所体现的价值体系，《特洛伊罗斯与克瑞西达》都一再显示了其所表现的富丽高尚的外表与艳俗低下的现实之间的矛盾。在哲学层面，这种效果会产生深刻的困惑：它要质疑的是，一个绝对的道德价值观能否存在。

在这场战争是否值得打下去的争论中，作者特意植了一个年代错误，特洛伊主将赫克托耳援引希腊哲学家亚里士多德（Aristotle）的话说明自己的观点（亚里士多德在莎士比亚时代被认为是道德哲学之父）：在赞扬了他兄弟特洛伊罗斯和帕里斯的雄辩能力之后，赫克托耳补充说，他们对问题的推论"却肤浅，不那么/不像（正像）亚里士多德所说的那些/不适合听道德哲学的年轻人一样。"[1] 在现代人听来，这种语言可谓愚钝，令人沮丧。我们奇怪，赫克托耳为什么不能说"像年轻人一样"，而要说"不那么"/诗行末的短暂停顿/"不像……的年轻人一样"？相信

1　原文中，莎士比亚用的是"不那么不像"，此处译为"正像"。——译者附注

莎士比亚更喜欢用"不那么不像",而不仅仅是用"像"。争论贯穿全剧,就像一条蜿蜒曲折的河流,充斥着双重否定、立论撤回、建立证据和猜想假设等迂回转折,所有的概括归纳最终都会被具体事例推翻。与其相对应的现代文本是法律意见书与政府法规表述中佶屈聱牙的语言,也许正是这个原因,这出戏有时候被视为律师的演示范本。但是我们需要记住,修辞——这种以高度复杂的方式安排词汇和句子结构来详细阐明同意与否定之观点的艺术——在伊丽莎白时代文法学校的教室里,是十分普遍的日常功课。莎士比亚时代的观众只要受过几年正规教育,都对这种体现特洛伊和希腊的正式议会辩论场景特色的说话方式耳熟能详。对于一些缺乏正规教育的观众——比如他们中的女性观众——剧院可以起到教室的功能,可以当作学习驾驭语言艺术的场所,又省却了必须用拉丁语学习之忧。

在 16 世纪的英格兰,刺激文法学校的扩张是一场被学者们称为"人文主义"的教育革命。学习的目的不仅是为了掌握语言艺术,而且是要通过古代英雄的榜样培养美德:学习赫克托耳的正直、安德洛玛刻的坚韧、阿喀琉斯的勇气、阿伽门农的领导风范、埃阿斯的力量和尤利西斯的智慧等等。而该剧全面系统剥离的正是这些道德品质。神话英雄们被塑造成彻头彻尾的反英雄形象。战场可以证明男子气概的观念被忒耳西忒斯的话语颠覆。因此,当墨涅拉俄斯和帕里斯这对海伦争夺战中的伟大情敌在战场上对垒的时候:"那个乌龟丈夫和那个王八奸夫干起来了。打呀,公牛!打呀,公狗!"这里的"干起来了"既表达打仗的意思,又暗示性行为,"公牛"和"公狗"把特洛伊平原宏伟壮烈的战争场面贬低为动物斗技场(在伦敦的泰晤士河畔,剧院和逗熊游戏的斗技场使用的是同一舞台)。忒耳西忒斯戳穿了战争的价值,拉媒牵线的潘达洛斯则将爱情贬低为性:在见到初次共度良宵后的特洛伊罗斯和克瑞西达时,他将克瑞西达直接与其性器官等同，说她被特洛伊罗斯彻夜征伐（"处女身现在价几许？……哎呀，可怜的丫头！啊，可怜的小东西！昨天晚上整夜都没睡吧？他——这个坏家伙——让它睡吗？"）。赫克托耳引用亚里士多德的话说"年轻人"在道德哲学上认识肤浅，剧本好像在回答年轻人就是年轻人：他们大吵大闹发脾气，辩论不休，信口发誓，在愤怒与暴力中茁壮成长。老年人也好不到哪里去：他们狂躁任性，玩弄手段，淫乱好色，自私自利。至于女人，安德洛玛刻只是露面即去，卡珊德拉的作用仅限于发出覆灭的预言，海伦在潘达洛斯戏谑的话语表达中也不是世界上最美丽的女人，克瑞西达知道她唯一的生存之道是利用自己的性吸引力。

　　道德哲学不是一个固定的价值参考点。它本身就值得质疑且有缺陷。赫克托耳试图区分建立在情绪（"狂热偏激的意气"）之上的行动的危险性和建立在理性（"裁定对错的准则"）之上的行动的得体性。但是就特洛伊战争而言，对与错并不能得到客观的判断："什么东西的价值不是由人来衡量？"特洛伊罗斯问。赫克托耳努力证明价值的存在高于"个人的意志"，但是这部剧作从整体上——通过对特洛伊人和希腊人、战场与床笫、崇高华丽的辞藻与低俗下流的语言等的不断对照——说明所有的道德判断都是相对的。尤利西斯最雄辩地说明了这一点：判断一个人或一种行为只能"通过反射／当其美德惠及别人，／如热力照射，别人再把热力返回到／发出最初热力的他自己。"这个论点是作为巧妙计策，为说服阿喀琉斯从帕特洛克罗斯的阴柔的情人角色转变为希腊军队最有男子气的武士而提出的：将公牛一样的埃阿斯捧为顶级勇士，这样便会刺激阿喀琉斯，激励他重新赢回他此前作为军人的显赫荣耀。

　　尤利西斯关于社会需要保持一个严格的等级和秩序的演讲也采用了同样的策略。他说希腊军营中等级不和谐的一个原因在于如下事实：他们的军人典范阿喀琉斯本该在战场上展现典范风采，却窝在自己的营帐里生闷气。但是他提出的激励阿喀琉斯回归其适当位置的方法本身却是对等级的破坏。赫克托耳提出了决斗的挑战。按照级别对等的原则，赫克托耳在希腊军营中同级别的武士应该是阿喀琉斯，尤利西斯却提出用埃阿斯替代阿喀琉斯，以此冷落并刺激他重新投入战斗。尤利西斯通过操纵投票的办法达到了他的目的。即使是在其针对道德和社会秩序没有得到维持而产生混乱所作的气势磅礴、铿锵有力的辩解中，他也无意中吐露了价值相对论的观点。在警告如果"秩序"不能维持，则"再无正义可言，是非可辩"之时，尤利西斯还附带说了一句，正义并不是天然地站在"对"的一方，就像我们期待的那样，而是永远处于对与错的"不断冲突中"。这部剧作整体上展示了道德和社会秩序并不是先天决定的、与和谐的宇宙构造相辅相成的价值体系，而是一个无休无止的争辩与妥协的过程，在此过程中，理性和判断力与欲望和意志紧密相连。

两种绝对的观点并置而对立的主题也是如此。一方面是对忠心与永恒的渴望："世上相爱的情人 / 将以特洛伊罗斯为榜样……当他们需要引用最权威的例证表达真情时，/ 加上一句'像特洛伊罗斯一样真心，'则如画龙点睛，绝冠诗篇，/ 使诗行神圣庄严。"另一方面，又冷嘲热讽将其贬低为低级的肉欲："这里到处是狡诈、虚伪和欺骗！所有的争执不过是为了一个王八和一个婊子，只弄得彼此猜忌闹分歧，头破血流命归西。哎，让惹这事的身上长疮，让战争和淫欲把大家都毁光！""赫克托耳死了，无需多讲"：这正是一出悲剧应该结束的方式。但是说过这句话之后，特洛伊罗斯说："且慢。"莎士比亚不想停止和自己辩论。如果说这些无穷尽的相互冲突的观点中有胜出者，那就是两位冷嘲热讽的评论者忒耳西忒斯和潘达洛斯的声音了。全剧的最后一段话由后者完成，他给全场观众读了一首支离破碎的十四行诗，这正是这部剧作所表现的这个分崩离析的世界的典型症状。

特洛伊罗斯的裂变是因为他难以协调克瑞西达在他幻想中的形象与他在希腊营中亲眼目睹她变成了狄俄墨得斯的情妇这一现实形象:"这既是克瑞西达,又不是克瑞西达。"他看到的景象使他相信,世界的整个理性都已坍塌,"上天的红线滑落了、松动了、散开了。"然而,他没有看到克瑞西达刚到希腊营中时被人野蛮对待,肆意亲吻,像对待一块肉一样。莎士比亚让特洛伊罗斯作出"疯狂的说教"并不是要对克瑞西达进行道德判断——读者禁不住会感觉到,他是在赞美她逢场作戏的技巧,以及她即使身体被另一个男人占有时仍表现出言语上的尊严的那种方式——而是要颠覆肉体之美貌与力量乃是内心之优雅与伟大的体现这种假象。最接近这部戏剧腐烂内核的象征性形象是那位被赫克托耳追逐的身着华丽铠甲的骑士。他的外表如此完美,但是赫克托耳在这外表之下发现了什么?一个"极度腐烂的内核",一具逐渐腐烂的人体。

参考资料

剧情:在特洛伊王子帕里斯诱拐世界上最美丽的女人海伦离开她的希腊丈夫墨涅拉俄斯之后,希腊人和特洛伊人已经交战七年。希腊军队呈包围之势在特洛伊城下安营扎寨。本剧开始时,战争陷入僵局。希腊人内部发生争执。最伟大的英雄阿喀琉斯拒绝出战,整日和他的情人帕特洛克罗斯在帐中厮守。尤利西斯欲激发阿喀琉斯重回战场,于是他宣称阿喀琉斯的竞争对手埃阿斯为他们的新英雄,选择他与特洛伊的头号英雄赫克托耳决斗。特洛伊人同样发生了内部争执,他们激烈地辩论仅为了留住海伦而继续作战是否值得。赫克托耳宣称她抵不上为她而死的那些生命的价值,而当他的兄弟特洛伊罗斯说荣誉要求他们继续为她而战的时候,赫克托耳接受了他的观点。虽然埃阿斯和赫克托耳之间的决斗友好结束，敌意在第二天仍然继续。可是，特洛伊罗斯却被他对克瑞西达的爱情分了心，难以投入军事行动。克瑞西达是卡尔卡斯的女儿，卡尔卡斯是特洛伊人，叛变到希腊军营，而将女儿留在了特洛伊。这对年轻恋人被克瑞西达的叔叔潘达洛斯极力撮合在一起，潘达洛斯扮演了中间人的角色。然而，两人在只共度一宵之后就被迫分离，为了交换被希腊人捉住的将军安武诺耳，克瑞西达被送到希腊军营中她的父亲身边。她几乎转身就背叛了特洛伊罗斯，投向希腊将军狄俄墨得斯的怀抱。特洛伊罗斯发现真相，陷入绝望。赫克托耳不听妹妹卡珊德拉关于覆灭的预言，执意奔赴战场，被阿喀琉斯用奸诈手段杀死，后者因为帕特洛克罗斯的死而投入战斗。预感到了特洛伊的必然沦陷，特洛伊罗斯从爱情中幡然醒悟，承担起赫克托耳作为特洛伊保护者的角色，发誓要向阿喀琉斯复仇。疾病缠身、不久人世的潘达洛斯登台道白，结束全剧。

主要角色:（列有台词行数百分比/台词段数/上场次数）特洛伊罗斯 (15%/131/13)，尤利西斯 (14%/80/7)，潘达洛斯 (11%/153/8)，克瑞西达 (8%/152/6)，武耳西武斯 (8%/90/7)，阿喀琉斯 (6%/74/9)，赫克托耳 (6%/57/7)，阿伽门农 (6%/52/7)，涅斯托耳 (5%/38/6)，埃涅阿斯 (4%/44/8)，狄俄墨得斯 (3%/54/11)，帕里斯 (3%/27/5)，埃阿斯 (2%/55/8)，帕特洛克罗斯 (2%/37/5)。

语体风格: 诗体约占 70%，散体约占 30%。

创作年代: 1601—1602。1603 年 2 月 7 日登记出版（"曾被宫内大臣剧团[1]

---

1 "宫内大臣剧团"（the Lord Chamberlain's Men）后改名为"国王剧团"（the King's Men）。
　　——译者附注

演出")。在米尔斯 [1]1598 年的著作中未被提及；受同年查普曼 (Chapman)翻译的荷马作品的影响。全副武装的开场白（仅存于对开本）似乎是模仿本·琼森 (Ben Jonson) 的《冒牌诗人》(*Poetaster*)（1601 年夏上演）。在《克伦威尔勋爵托马斯》(*Thomas Lord Cromwell*)（宫内大臣剧团，1602 年 8 月注册出版）和托马斯·米德尔顿 (Thomas Middleton) 的《爱的家庭》(*The Family of Love*) (?1602—1603) 中有明确提及。

取材来源： 恋爱情节取材于乔叟的《特洛伊罗斯与克瑞西达》，或为斯佩特 (Speght) 所编的 1598 版；战争情节取材于乔治·查普曼翻译的七卷本荷马史诗《伊利亚特》(1598) 和威廉·卡克斯顿 (William Caxton) 所著《特洛伊史回顾》(*Recuyell of the Historyes of Troye*) (1474，第一本英语出版物)。也许还取材于约翰·利德盖特 (John Lydgate) 所著《特洛伊之书》(*Troy Book*, 1513)，以及罗伯特·亨利森 (Robert Henryson) 所著的《克瑞西达的誓约》(*The Testament of Cresseid*, 1532)。

文本： 1609 年的四开本分别刊印过两个版本：一个版本的标题页为"特洛伊罗斯与克瑞西达的历史。国王剧团于环球剧院上演。威廉·莎士比亚创作"；另一个版本的标题页为"特洛伊罗斯与克瑞西达的著名历史。优秀地表达了他们爱情的起始，以及吕西亚王子潘达洛斯的自负撮合。威廉·莎士比亚创作"，这一版本没有提及此剧的上演，还添加了一篇序文，声明此剧是为阅读而写，而非用作舞台脚本。无论是四开本还是对开本的

1　弗兰西斯·米尔斯（Francis Meres, 1565—1647），英国牧师兼作家。他所著的《帕拉斯的管家：智者金库》(*Palladis Tamia, Wits Treasury*, 1598) 记录了伊丽莎白时代的重要诗人，是最早评论莎士比亚诗歌和早期剧作的著作，其中的莎士比亚剧作名单对确定其创作年代有重要价值。——译者附注

《特洛伊罗斯与克瑞西达》，其版本的内容真相和两个版本之间的关系都引起了学者激烈的争论。对开本编者的最初打算是把此剧排在《罗密欧与朱丽叶》（*Romeo and Juliet*）之后，将四开本作为印刷文本（保留下来的几本对开本中《罗密欧与朱丽叶》的最后一页和《特洛伊罗斯》的第一页都不见了）。但可能是由于版权的争端，只排了三页便中止了印刷，《特洛伊罗斯与克瑞西达》最终挤在了历史剧和悲剧之间（在对开本目录编排的准备工作完成之后）。当印刷重新开始时，采用的是一份虽可明显察觉四开本的影响，但与四开本有很多不同之处的手稿。一些学者认为，对开本采用的版本来自一个经过校勘注释的四开本，但是这与四开本的优势不符合：为什么要在印刷文本中用一个不那么好的版本校勘一种很好读的版本呢？因此，原因很可能是：对开本采用的是一份独立的手稿，也许是以剧院演出脚本为基础，也许是经过了剧院的修改。根据我们的编辑原则，但凡可行处，我们皆采用对开本，但是，如有对开本不能自圆其说处，则依照对编辑或印刷对开本有明显影响的四开本。

这个版本中有两处包括了似乎是作者意欲删去的"初步想法"。大多数当代编者将这样的文字作为附录。出于对开本保真度的考虑，我们没有这样做，而是用 // // 符号标明了这些存疑之处。在演出中这些内容几乎肯定应该删去，但这对于说明莎士比亚的创作过程很有参考价值。

乔纳森·贝特（Jonathan Bate）

特洛伊罗斯与克瑞西达

致辞者，身着盔甲

特洛伊阵营

普里阿摩，特洛伊国王

赫克托耳

得伊福玻斯

赫勒诺斯，祭司

帕里斯

特洛伊罗斯

玛耳伽瑞隆，私生子

⎫
⎬ 普里阿摩之子
⎭

卡珊德拉，普里阿摩之女，预言者

安德洛玛刻，赫克托耳之妻

海伦，帕里斯之妻，墨涅拉俄斯之前妻

潘达洛斯，贵族

克瑞西达，潘达洛斯之侄女

卡尔卡斯，克瑞西达之父，已叛变至希腊阵营

阿勒克珊德，克瑞西达之仆

埃涅阿斯 ⎫
安忒诺耳 ⎬ 军事将领

侍童，特洛伊罗斯之仆

希腊阵营

阿伽门农，希腊统帅

墨涅拉俄斯，阿伽门农之弟

尤利西斯

涅斯托耳

阿喀琉斯

帕特洛克罗斯，阿喀琉斯之友

埃阿斯

狄俄墨得斯

忒耳西忒斯

密耳弥冬人，阿喀琉斯之众兵士

仆人，侍从

开 场 诗

致辞者穿盔甲上

　　　　这场戏发生在特洛伊。来自希腊诸岛的

　　　　众君王生性骄傲、怒火胸中烧,

　　　　派他们的船只驶向雅典港,

　　　　装满了将士和武器

　　　　准备投身残酷战事:六十九位勇士

　　　　头戴王冠头饰,从雅典海湾出发

　　　　开往弗里吉亚[1],他们立下誓言

　　　　要洗劫特洛伊。在特洛伊坚固的城墙里,

　　　　那被诱的海伦,原是墨涅拉俄斯的王后,

　　　　正和风流倜傥的帕里斯同榻共眠;此乃战争的起源。

　　　　说话间他们来到了特涅多斯[2],

　　　　沉重的战舰在那里卸下

　　　　坚甲利刃;在达耳丹平原[3]

　　　　这批新到的、未经战阵的希腊人搭起了

　　　　他们威风招展的帐篷和旗幡。

　　　　普里阿摩的特洛伊共有六座城门:

　　　　达耳丹和丁勃利亚、伊里亚斯、契塔斯、特洛琴

　　　　还有安替诺里第斯,都用粗重的铁箍

　　　　和厚实的铁栓环环相扣,

1　弗里吉亚(Phrygia):小亚细亚地区,特洛伊城所在地(今土耳其境内)。

2　特涅多斯(Tenedos):靠近特洛伊的一个海岛。

3　达耳丹平原(Dardan plains):指特洛伊平原,名称来源于宙斯的儿子达耳达诺斯(Dardanus),特洛伊统治者的祖先。

将特洛伊子弟牢牢地护卫在里面。
时下，特洛伊人和希腊人双方皆兢兢战战，
都觉得战事胜负难料，
命悬一线。我这个致开场白的人全身披挂
走上台，并不是过分相信
作者的妙笔或演员的亮嗓就能演好戏；而是为
配合剧情发展和主题，
来告诉您，各位亲爱的观众：我们这部戏
跳过了战争开头的枝枝杈杈，
从中间开始，往后演下去，
直到一部戏能够容纳的范围为止。
喜欢或挑剔，全由您兴致；
演得好坏难料，恰似这战争走势。　　　　　下

第 一 幕

第一场 / 第一景

特洛伊

潘达洛斯[1]与特洛伊罗斯上

特洛伊罗斯　　叫我的仆人来，我要再次解下甲胄：

　　　　　　　　我的内心正发生着如此残酷的争斗

　　　　　　　　为何还要到特洛伊城外去与敌军交手？

　　　　　　　　每一个能够主宰自己内心的特洛伊人啊，

　　　　　　　　让他上战场吧：哎呀！特洛伊罗斯的心根本不在这上。

潘达洛斯　　　难道这就没有办法了吗？

特洛伊罗斯　　希腊人体格壮，身手巧，

　　　　　　　　灵巧中见凶猛，凶猛中兼顽强；

　　　　　　　　可是啊，我比女人的眼泪还软弱，

　　　　　　　　比睡眠还驯顺，比无知还愚蠢

　　　　　　　　比深夜的处女还胆怯，

　　　　　　　　比笨拙的婴儿还无能。

潘达洛斯　　　好，这事我已经对你说够了：我自己吧，实在不能插手

　　　　　　　　或再掺和了。想吃小麦做的饼，就必须要等着磨好面[2]。

特洛伊罗斯　　我难道没有等吗？

潘达洛斯　　　哎，等到了磨面，可您还必须等面粉过筛[3]。

1　潘达洛斯（Pandarus）：他的名字后来成为老鸨或媒人的象征（pander）。

2　磨面（grinding）：此处暗含"性交"之意。

3　过筛（bolting）：含性暗示，bolt 在俚语中有 penis（阴茎）的含义。

特洛伊罗斯	我不是也等了吗?
潘达洛斯	哎,等到了过筛,可您还必须等面粉发酵。
特洛伊罗斯	我也等过了呀。
潘达洛斯	哎,等到了发酵,可就要用"从此以后"这句话了,还要等揉团、做饼、烧炉、烘烤;不仅如此,您还要等它放凉,否则可能会把您的嘴烫伤。[1]

特洛伊罗斯　忍耐女神啊,不管她的忍耐有多大,
　　　　　　也难比我在痛苦中受到的煎熬。
　　　　　　即使和我父王普里阿摩在一起用餐;
　　　　　　只要美丽的克瑞西达浮现在我眼前——
　　　　　　呸,我这个骗子,她浮现出来? 她何曾离开?

潘达洛斯　　是啊,昨天晚上她比以前我见过她的任何时候都好看,比任何女人都漂亮。

特洛伊罗斯　我要告诉你的是——当时我
　　　　　　满腹叹息无由处,堵得我心胸欲裂,
　　　　　　又只怕赫克托耳和我父王有察觉——
　　　　　　我只得像从乌云中探出头的太阳,
　　　　　　强挤出一丝微笑掩饰我的叹息:
　　　　　　可是啊,这故作欢颜下深埋的哀伤
　　　　　　恰似乐极生悲那般难堪的模样。

潘达洛斯　　如果她的头发不是比海伦的头发黑一点——嗯,算了——那么,这两个女人简直没什么可比的。可是,叫我说吧,她是我亲戚:我本来不该像别人说的那样夸奖

1　此句有多处性暗示。"做饼(making of the cake)"指"同……做爱";"烧炉(heating of the oven)"指"女性的性唤起"(oven 在俚语中可指"阴道");"把您的嘴烫伤(burn your lips)"则暗示性病的症状。

　　　　　　　　她，但是我希望有人像我一样听见了她昨天说的话。我
　　　　　　　　并不是贬低令妹卡珊德拉的智慧，可是——

特洛伊罗斯　　噢，潘达洛斯！我给你讲，潘达洛斯——
　　　　　　　　当我告诉你，我的希望沉没了，
　　　　　　　　不要回答说，它沉没的地方
　　　　　　　　有多深。当我告诉你，我对克瑞西达
　　　　　　　　爱得发狂。你却说她多么漂亮，
　　　　　　　　说她明眸善睐、头发飘扬、面容娇艳、仪态万方、嗓音曼妙，
　　　　　　　　这么一一细数，是把她的美当毒药，
　　　　　　　　倾注在我心头的伤口上。噢！你还夸她的手
　　　　　　　　白嫩细腻，所有的洁白和它相比都黑如墨水
　　　　　　　　自惭形秽；那柔软的一握
　　　　　　　　连天鹅绒都显粗糙；连最敏锐的感觉
　　　　　　　　都坚硬如耕夫的老茧；你对我这么说——
　　　　　　　　字字句句都真切——可是，当我表白我爱她，
　　　　　　　　你说的这些话不是医治救人的
　　　　　　　　油和膏，反倒是往我那爱情创伤的一道道伤疤上
　　　　　　　　刺戳的尖刀。

潘达洛斯　　　我说的不过是实话。

特洛伊罗斯　　你说的还远不够。

潘达洛斯　　　真的，我不再插手了。她是什么样就什么样吧：如果她
　　　　　　　　很漂亮，那对她最好；如果她不漂亮，要补妆她自己会
　　　　　　　　动手。

特洛伊罗斯　　好潘达洛斯，你这是怎么了，潘达洛斯？

潘达洛斯　　　我牵针引线多费劲儿，却落得她也数落，你也怨；在你们
　　　　　　　　之间跑来又跑去，根本听不到半点谢意。

特洛伊罗斯　　怎么！你生气了，潘达洛斯？怎么！生我的气？

潘达洛斯	因为她是我亲戚，所以我就得说她没有海伦漂亮；如果她不是我亲戚，那我就得说，她即使穿平常衣服也比海伦身着盛装还要美。但是我管这些干什么？她就是黑摩尔人[1]，也与我无关；对我都一样。

特洛伊罗斯　我说她不漂亮了吗？

潘达洛斯　我不管你说没说。她不跟她父亲去，真是个傻瓜；让她去希腊人那里吧，我下次见了面就对她说。就我而言，我可不再插手或掺和这事了。

特洛伊罗斯　潘达洛斯——

潘达洛斯　我不管了。

特洛伊罗斯　亲爱的潘达洛斯——

潘达洛斯　请您别和我说了！我还是让一切照旧的好，到此为止。

　　　　　　　　　　　　　　　　　　　　　　　潘达洛斯下

警号声起

特洛伊罗斯　停住，你这刺耳的喧闹！停住，这粗暴的鼓噪！

交战双方都是傻瓜！难怪海伦如此之美

皆因了你们每天用鲜血对她的滋润。

我不能为此出战：

要我把剑出鞘，这个理由还太简单。

可是潘达洛斯——噢，天哪！怎么这般捉弄我！

不通过潘达，我无法接近克瑞西达。

他是如此乖张，求他说情可真难；

她又那般固执、贞洁、拒人千里远。

1　黑摩尔人（blackamoor）：指非洲黑人。

阿波罗啊！为了你对达佛涅的爱[1]，请告诉我：
克瑞西达为何物，潘达何用，我该怎么办？
她的眠床如在遥远的印度；她玉体娇卧若珍珠。
在我住的王宫和她的居所之间，
似有那怒涛汹涌的海洋横亘连绵；
我是商人去探宝；这个驾船的潘达
是我摇摆不定的希望、渡船和海港。

警号声。埃涅阿斯上

埃涅阿斯	怎么样，特洛伊罗斯王子？怎么没有上战场？
特洛伊罗斯	正是因为没有去：这个娘娘腔的回答倒合适， 因为那里有太多女人气，我才没有去。 埃涅阿斯，今天战场上有什么新消息？
埃涅阿斯	帕里斯回来了，还受了伤。
特洛伊罗斯	谁伤了他，埃涅阿斯？
埃涅阿斯	特洛伊罗斯，是墨涅拉俄斯伤了他。
特洛伊罗斯	让帕里斯流点血吧，结个小疤，没什么大不了； 墨涅拉俄斯用犄角撞了他[2]，也算一报还一报。（警号声）
埃涅阿斯	听，今天城外厮杀得多么激烈！
特洛伊罗斯	但凡可以，最好躲家里。 但还是去看看热闹吧：你要不要去那里？
埃涅阿斯	迫不及待。
特洛伊罗斯	走，我们一起去。 同下

---

1 阿波罗（Apollo）是希腊太阳神，曾追求森林女神达佛涅（Daphne）。她为逃避阿波罗的追求，请求河神珀涅乌斯（Peneus）帮她渡河，因此被变成了一棵月桂树。

2 据西方传说，妻子不贞，丈夫的头上会长犄角。这里指因为海伦不贞，墨涅拉俄斯头上会长犄角。帕里斯拐走了墨涅拉俄斯的妻子海伦，墨涅拉俄斯打伤了帕里斯，所以才说两人一报还一报。——译者附注

第二场 / 第二景

克瑞西达与其男仆阿勒克珊德上

克瑞西达　　走过去的那些人是谁？

阿勒克珊德　赫卡柏王后和海伦。

克瑞西达　　她们到哪里去？

阿勒克珊德　到东门城楼去，

那里的高度可以俯瞰整个河谷，

观战最清楚。赫克托耳的耐心稳健

是他一向的美德，今天却勃然动怒：

他责骂安德洛玛刻，还打了给他穿戴铠甲的仆从。

好像战事让人勤勉[1]，

不等太阳升起，他就身披轻甲，

上了战场，那里的每一朵鲜花

都像预言家一样低头垂泪，仿佛预见到了

赫克托耳愤怒的后果。

克瑞西达　　他为什么发怒？

阿勒克珊德　据说原因是这样：希腊军中

有一个将领有特洛伊血统，人们叫他埃阿斯：

1　勤勉（husbandry）:原文双关，除了"勤勉"之意外，还暗讽赫克托耳作为"丈夫（husband）"的行为。

是赫克托耳的表兄。

克瑞西达 很好，他人怎么样？

阿勒克珊德 他们说他不一般，与众不同很过硬[1]。

克瑞西达 所有男人都硬啊，除非他们喝醉、生病或者没有腿。

阿勒克珊德 小姐，这个人从许多野兽那里掠来了它们特殊的品质：他勇猛如狮子，粗暴似狗熊，迟钝得像大象；很多矛盾的脾性掺杂在他身上，勇猛中掺着愚蠢，愚蠢中揉了些谨慎。所有人的优点他都沾边儿，每个人的缺点他又都带点儿；他会无由头地生气，也会莫名其妙地开心；万般事体皆能做，无有一事能做成；他似患痛风的布里阿瑞俄斯[2]，长满了手没有用；又似瞎眼的阿耳戈斯[3]，浑身是眼看不清。

克瑞西达 这个人让我听了发笑，但他怎么能让赫克托耳发怒呢？

阿勒克珊德 他们说他昨天在战场上与赫克托耳交手，打倒了他，这恼怒和羞辱让赫克托耳寝食难安。

潘达洛斯上

克瑞西达 谁来了？

阿勒克珊德 小姐，是您的叔叔潘达洛斯。

克瑞西达 赫克托耳很勇敢。

阿勒克珊德 可算是这世上最勇敢的人了，小姐。

潘达洛斯 你们说什么？你们说什么？

克瑞西达 早上好，潘达洛斯叔叔。

潘达洛斯 早上好，克瑞西达侄女。你们在说什么？——早上好，阿

---

1 原文中 stand alone 原意是"出类拔萃、无与伦比"，为了迁就下文克瑞西达的回答作如是译。（克瑞西达回答中故意作字面理解，指有性暗示意思的"硬"。）——译者附注

2 布里阿瑞俄斯（Briareus）：传说中有一百只手和五十个头的怪物。

3 阿耳戈斯（Argus）：传说中有一百只眼睛的怪物。

	勒克珊德。——侄女，你好吗？你什么时候去了伊利姆宫？
克瑞西达	今天早上，叔叔。
潘达洛斯	我来的时候你们在说什么？你去王宫之前，赫克托耳已经披甲出去了？海伦还没有起来，对吗？
克瑞西达	赫克托耳已经出去了，海伦还没有起来。
潘达洛斯	果真如此；赫克托耳起得倒很早。
克瑞西达	我们刚才说的就是这件事，还有他发怒了。
潘达洛斯	他发怒了？
克瑞西达	刚才是这么说。
潘达洛斯	不错，他发怒了；我还知道原因。他今天肯定会好好厮杀一番，大家看着吧；还有特洛伊罗斯，比他也不差多少；让他们小心特洛伊罗斯吧，我这么说错不了。
克瑞西达	什么，他也发怒了吗？
潘达洛斯	谁，特洛伊罗斯？他俩相比，特洛伊罗斯更好些。
克瑞西达	啊，朱庇特[1]！这两个人比不得。
潘达洛斯	什么，特洛伊罗斯和赫克托耳不能比？你见到一个人时能认出好人[2]吗？
克瑞西达	嗯，如果我见过，我就能认得。
潘达洛斯	好，我说特洛伊罗斯就是特洛伊罗斯。
克瑞西达	那么，您说的和我一样，因为我确信他可成不了赫克托耳。
潘达洛斯	是成不了，赫克托耳也比不过特洛伊罗斯。
克瑞西达	两人特点不同；他就是他自己。

1　朱庇特（Jupiter）：罗马神话中最高的神。后文中的乔武（Jove）也指朱庇特。
2　认出好人（know a man）：下一句中，克瑞西达接话时理解为"认得"人的外表。原文中的 know 可能有性暗示，指"与……发生性关系"。

潘达洛斯	他自己？唉，可怜的特洛伊罗斯，但愿他和往常一样，还是他自己。
克瑞西达	他就是。
潘达洛斯	他要是他自己，我就能光脚走到印度去。
克瑞西达	反正他比不了赫克托耳。
潘达洛斯	他自己？不，他找不到自己了；但愿他还像他自己！好了，天神在上，成事或了断，时间会帮忙。好了，特洛伊罗斯，好了。但愿我的心在她的胸膛里。不，赫克托耳不比特洛伊罗斯强。
克瑞西达	请原谅。
潘达洛斯	他年纪长。
克瑞西达	对不起，对不起。
潘达洛斯	那一位还没到这年龄；等到这年龄，你定然会对他刮目相看。赫克托耳当年可没有他聪明。
克瑞西达	他要是自己聪明，就不需要他的聪明。
潘达洛斯	也没他有才能。
克瑞西达	没关系。
潘达洛斯	没有他英俊。
克瑞西达	英俊和他不相称；他的相貌就挺好。
潘达洛斯	你没有判断力，侄女；海伦那天说，虽然特洛伊罗斯有点黑——确实有点，我必须承认——但也不算怎么黑——
克瑞西达	是不算，但是有点黑。
潘达洛斯	真的，说实话，有点黑但是不算黑。
克瑞西达	说真的，真有点黑可又不算真黑。
潘达洛斯	海伦说他的肤色胜过帕里斯。
克瑞西达	啊，帕里斯的气色足够好。
潘达洛斯	的确够好。

克瑞西达	那么，特洛伊罗斯就显得太好了；如果她格外称赞他，他的肤色一定胜过他：说一个肤色好，另一个气色更足，这样夸奖好肤色，实在太过火。我倒希望海伦开金口，称赞特洛伊罗斯的红铜色鼻子够漂亮。
潘达洛斯	我向你发誓，我认为海伦爱他胜过爱帕里斯。
克瑞西达	那她可真是个轻浮的希腊人。
潘达洛斯	啊，我确信她爱他。有一天她去看他，走到他半圆的窗前——呃，你知道，他的下巴上只有三四根胡子——
克瑞西达	的确，再不识数的人也能很快算出来。
潘达洛斯	啊，他年纪轻轻，能举起的重量却和他哥哥赫克托耳的相同，差也差不过三磅。
克瑞西达	难道他这么年轻就能举这么重？
潘达洛斯	我只是向你证明，海伦爱他，她过去把她洁白的小手放在他的沟下巴[1]上——
克瑞西达	愿朱诺[2]保佑！下巴怎么会有沟？
潘达洛斯	啊，你知道他下巴上有个浅凹。我觉得他笑起来比所有弗里吉亚人都好看。
克瑞西达	嗯，他笑得是好看。
潘达洛斯	不是吗？
克瑞西达	噢，是的，就像秋天的乌云。
潘达洛斯	唉，那就不必再往下说了。我只是向你证明，海伦爱特洛伊罗斯——

1 沟下巴（cloven chin）：指下巴中间有个浅沟（现在一般译为"欧米伽下巴"或"美人沟下巴"——译者附注），克瑞西达在回复中将此词作字面意义"裂开"解。
2 朱诺（Juno）：罗马神话中的王后，主神朱庇特之妻。

克瑞西达	如果您想证明，特洛伊罗斯肯定会挺住 [1] 您的证据。
潘达洛斯	特洛伊罗斯？嘿，他对她的尊敬还比不上我尊敬一个臭鸡蛋。
克瑞西达	如果您喜欢臭鸡蛋像您嘴里爱捣蛋一样，您早该钻进蛋壳里吃小鸡了。
潘达洛斯	我一想到她用手摸他的下巴，就忍不住笑。的的确确呀，她的玉手那么嫩白，我必须承认——
克瑞西达	不用上刑您也承认。
潘达洛斯	她在他下巴上摸到一根白胡子。
克瑞西达	哎呀呀，可怜的下巴。很多人肉瘤上的毛都比它多。
潘达洛斯	大家那一通笑啊！赫卡柏王后笑得泪珠往下滚。
克瑞西达	像滚动的磨石。
潘达洛斯	卡珊德拉也笑不停。
克瑞西达	她的眼睛可是很温和，也笑得泪珠往下滚吗？
潘达洛斯	赫克托耳也笑得止不住。
克瑞西达	这些人为什么笑？
潘达洛斯	哈，他们笑海伦从特洛伊罗斯下巴上找到一根白胡子。
克瑞西达	如果是一根绿胡子，我也会笑。
潘达洛斯	那根胡子不可笑，他俏皮的回答才叫妙。
克瑞西达	他怎么回答？
潘达洛斯	海伦说，"你下巴上只有五十二根胡子，其中一根是白的。"
克瑞西达	这是她的话。
潘达洛斯	不错，毫无疑问。他回答，"共有胡子五十二根，其中白的有一根；那根白胡子是我父亲，其余胡子都是他

---

1 挺住（stand）：暗指性勃起。

儿子[1]。"天哪！"她说，"哪一根胡子是我丈夫帕里斯呢？""分叉的那一根[2]，"他说，"拔出来，送给他。"大家哄堂大笑，海伦娇羞难当，帕里斯很是恼火，所有人乐不可支，热闹非凡。

克瑞西达	这事就到此为止吧，已经说好久了。
潘达洛斯	好吧，侄女。我昨天告诉你那件事；你想想看。
克瑞西达	我在想。
潘达洛斯	我发誓那是真的，他哭得像四月雨天里出生的泪人儿。

（收兵号）

克瑞西达	那我就像迎着五月到来的荨麻一样，在他的泪水中茁壮成长。
潘达洛斯	听，他们从战场上回来了。我们站在这里看他们走向伊利姆王宫吧？好侄女，可爱的克瑞西达，看看吧。
克瑞西达	悉听尊便。
潘达洛斯	这里，这里，这是个好位置，这里看得最清楚。他们经过时，我把名字都告诉你，最该注意的是特洛伊罗斯。

埃涅阿斯上，走过场

克瑞西达	别这么大声。
潘达洛斯	那是埃涅阿斯。他难道不是个勇敢的人吗？可以说，他是特洛伊的荣誉之花。但是注意特洛伊罗斯：你很快就会看到他。
克瑞西达	那是谁？

安忒诺耳上，走过场

潘达洛斯	那是安忒诺耳。他机智敏捷，我告诉你，他很棒：他是

1　一般认为普里阿摩有 50 个儿子，在此处或许分叉的那根胡子被算成了两根。

2　分叉（forked）：喻指妻子不忠，丈夫头上长犄角。

特洛伊最有见识的人之一，而且堪称典范。特洛伊罗斯什么时候来？我很快就把他指给你看，如果他看见我，你会注意到他冲我点头。

克瑞西达　　他会冲您点头吗？

潘达洛斯　　你会看到的。

克瑞西达　　如果他冲您点头，那岂不等于承认您是傻瓜。

赫克托耳上，走过场

潘达洛斯　　那是赫克托耳。那个，那个，你快看，那才是英雄！祝你胜利，赫克托耳！那才是勇士，侄女。啊，勇敢的赫克托耳！看他神采奕奕！威武堂堂。这还不叫勇士？

克瑞西达　　啊，勇敢的人！

潘达洛斯　　难道不是吗？看着他真叫人舒坦。看他头盔上的刀痕多厉害。看那边，看见了吗？看那边了吗？一点都不开玩笑，都是真刀真枪砍上的，就好像在说：谁有本事挑我下来。瞧那些刀痕！

克瑞西达　　都是刀枪砍的吗？

帕里斯上，走过场

潘达洛斯　　刀枪，他什么都不怕；即使魔鬼来找他，他也丝毫不在乎。凭上帝的眼皮发誓，这真叫人舒坦。那边来的是帕里斯，那边来的是帕里斯！看那边，侄女。那不也是个俊逸英武的人吗？啊，他现在多勇敢。谁说他今天受伤了？他没受伤。哎呀，这可让海伦心里舒坦了，哈？我真想现在就看到特洛伊罗斯。你很快就会看见他。

克瑞西达　　那是谁？

赫勒诺斯上，走过场

潘达洛斯　　那是赫勒诺斯。不知道特洛伊罗斯哪里去了。那是赫勒诺斯，我想特洛伊罗斯今天可能没出来；那是赫勒诺斯。

克瑞西达	赫勒诺斯会打仗吗，叔叔？
潘达洛斯	赫勒诺斯？不会。会，他打得还凑合。不知道特洛伊罗斯在哪里。听，你听没听见有人喊"特洛伊罗斯"？赫勒诺斯是祭司。
克瑞西达	那边那个鬼鬼祟祟的家伙是谁？

特洛伊罗斯上，走过场

潘达洛斯	哪里？那边？那是得伊福玻斯。快看特洛伊罗斯！那才是男子汉，侄女！——嗨！勇敢的特洛伊罗斯，骑士之王！
克瑞西达	小声点，真害臊，小声点！
潘达洛斯	看看他，仔细瞧。啊，勇敢的特洛伊罗斯！好好看看他，侄女。看他的剑如何浴血沐光，看他头盔上刀痕累累，多过赫克托耳，看他仪表威严，看他步伐矫健。啊，令人钦佩的年轻人！他还不到二十三岁。祝你胜利，特洛伊罗斯，祝你胜利！如果我的妹妹是女神，如果我有一个女儿赛天仙，我愿意随他挑来随他选。啊，了不起的年轻人！帕里斯？帕里斯和他比简直判若云泥。我敢打保票，要是海伦能换他做丈夫，倒贴钱她也干。

普通兵士上，走过场

克瑞西达	又过来很多人。
潘达洛斯	蠢驴，傻瓜，笨蛋。麸皮和糠屑，麸皮和糠屑；鱼肉之后的稀粥。能瞧着特洛伊罗斯，我生死都愿意。别看了，别看了。猎鹰过去了；剩下的都是乌鸦和麻雀，乌鸦和麻雀！我要是能做个像特洛伊罗斯这样的男子汉，就是阿伽门农和整个希腊也不换。
克瑞西达	希腊人中有一个阿喀琉斯，他比特洛伊罗斯强很多。
潘达洛斯	阿喀琉斯？简直是一个赶大车、搬行李的，纯粹是头骆

驼。

克瑞西达 好，好。

潘达洛斯 "好，好"？哟，你知道好歹吗？你眼神管用吗？知道什么是男子汉吗？出身高贵、相貌堂堂、身姿挺拔、谈吐不俗、勇气超凡、学问渊博、风度优雅，再加上美德、青春和慷慨，如此等等，造就一个男子，难道不正是需要这样的香料和食盐吗？

克瑞西达 哎呀，一个被切成片、拌上馅、馅里又没真材实料的男人，这么上火一烤，这男人可就不中用了[1]。

潘达洛斯 你这女人真难缠！谁也弄不清你这是什么姿势[2]。

克瑞西达 我仰脸躺，护我肚皮；仗机智，保我计谋；守秘密，赚我清白；依面具，藏我美貌；靠着您，保护这一切：我有这千般姿态，再加万种警觉。

潘达洛斯 说说你警觉什么。

克瑞西达 不，我警觉您；这一点也最主要。如果我不能抵挡我不愿承受的一击，至少可以提防您暴露我如何受到那一击；除非是肚皮凸起[3]掩不住，那时再提防怕也来不及。

特洛伊罗斯的侍童上

潘达洛斯 你真难缠！

侍童 先生，我家主人想请您赶紧过去说话。

潘达洛斯 去哪里？

侍童 您家里。

---

1 不中用（date's out）：暗指性无能。——译者附注
2 姿势（at what ward you lie）：意思有二。一是采取什么防卫姿态；二是下文克瑞西达更直白地讲出的性交姿势。
3 此段话中的"一击（blow）"指性交，"肚皮凸起（swell）"指怀孕。

潘达洛斯	好孩子，告诉他我马上到。 侍童下
	恐怕他受伤了。再见，好侄女。
克瑞西达	再见，叔叔。
潘达洛斯	我很快就来找你，侄女。
克瑞西达	带东西来吗，叔叔？
潘达洛斯	对，带一件特洛伊罗斯的定情物。
克瑞西达	那样的话，您真成拉皮条的了。 潘达洛斯下

话语、誓言、礼物和眼泪，爱情的全部祭礼，

他都托人一一呈献；

而我从特洛伊罗斯身上看到的

比潘达的曲意逢迎要清晰千倍。

可我还要拖。女人被追求时是天使：

一旦到手就玩儿完；妙处尽在过程中。

恋爱的女人不明此理即笨蛋：

男人总是过分赞誉未到手的东西；

要是她相信欲望满足以后，爱情甜蜜依旧

她肯定没有经受过爱的洗礼。

因此我要传授这句爱的箴言：

"得逗了对他唯命是从；未到手任他摇尾乞怜。"

虽然我满心情愿接受他的爱，

我的眼睛却不能流露毫分。 与阿勒克珊德同下

第三场 / 第三景

距特洛伊城不远的希腊营地

仪仗号。阿伽门农、涅斯托耳、尤利西斯、狄俄墨得斯、墨涅拉俄斯及其他人
上

阿伽门农　　　诸位王公，

何样的愁苦让你们面色枯黄？

在这尘世间所开始的一切计划，

希望所赋予我们的慷慨允诺

并未获得预期的兑现：我们最雄心勃勃的军事行动

遇到了障碍和祸灾；

比如树瘤，因浆液淤积

使健康的松树受染，纹路扭曲

妨害了它正常的生长和发育。

诸位王公，你我皆知

这次行动离预期相去甚远；

我们围攻七年，特洛伊城仍巍然屹立，

以前发动的每次行动，

皆历历在案，

差错不断，目标

难以达成，最初的计划

无法实现。那么，众王公，

面对这般成绩，你们是否满脸羞愧

深以为耻呢？此无他，

不过是伟大之神乔武 [1] 的恒久考验

以发现人类恒长的耐心；

受到命运眷顾之时，此种品质难得彰显。

因为彼时，勇猛与怯懦，

智慧与愚蠢，博学与无知，

坚韧与柔软，似在伯仲间；

但遇命运皱眉，掀起狂风暴雨，

则高下立辨。如用一把有力的巨扇，

把二者截然分开；轻浮的随风去，

本身有质有量的

纹丝不动，卓然挺立。

涅斯托耳　　伟大的阿伽门农，出于对您无上权威的充分尊重，

涅斯托耳要稍加解释

您最后的几句。命运的拷问

方是对人真正的考验：若大海风平浪静，

有多少轻舟快楫皆敢行

在她宁静的怀抱，和那威武巨舰

竞争帆！

但等北风 [2] 怒吼旋地起，

万顷波涛涌海面，唯有那

构造坚固的大船乘风破浪勇向前，

如天马 [3] 凌空，

1　乔武（Jove）：指众神之王朱庇特。

2　北风：原文为 Boreas，是希腊神话中的北风之神玻瑞阿斯。

3　天马：原文为 Perseus' horse，珀耳修斯之马珀伽索斯（Pegasus），是古希腊神话中一匹长有双翼的神马，珀耳修斯割下女妖墨杜萨（Medusa）的头时，从墨杜萨颈部流出来的血中生出了这匹神马。

疾行在如山的巨浪和水雾间；哪还见

那势单力薄、适才与巨舰争锋的小船？不是逃进港湾，

便是葬身海神 [1] 怀抱。在命运的风暴中，

表面的勇气和实际的果敢

正是这样分辨。和煦明媚的阳光下

牛羊恼火的是蚊蝇叮咬

而非虎豹侵袭，一待狂风

把多节的橡树吹弯了腰，

蚊蝇纷纷向庇荫处窜逃。啊，那时节，但见勇猛者

被狂风激起愤怒，

也报以同样愤怒的长啸

回应命运的狂飙。

尤利西斯   伟大的统帅阿伽门农，

你是希腊的神经和脊梁，

全军的心脏、灵魂和唯一的精神营养，

我们所有人性格与心灵之所寄，

请听尤利西斯说几句。

对于二位的高论，

我唯有拥护和赞扬：——

（对阿伽门农）您地位崇高，权威至上，——

（对涅斯托耳）您年长德馨，受人敬仰，——

阿伽门农指引希腊人前进的方向，

您的话理应镌刻在高耸入云的铜柱上供人瞻望。

满头银发、令人尊敬的涅斯托耳，

您的经验之谈

---

1 海神：原文为 Neptune，是罗马神话中的海神涅普顿。

如擎天柱那般牢靠，

吸引全希腊人来洗耳恭听；虽则二位

伟大又英明，也且听尤利西斯把话讲分明。

阿伽门农　说吧，伊塔刻 [1] 国王，你的话

不会空洞而无聊，

锦绣玉口请开讲；

不会像下流的忒耳西忒斯烂嘴一张没好话，

我们要听悦耳良言、神谕和智慧。

尤利西斯　屹立的特洛伊城早该倒下，

伟大的赫克托耳的宝剑早应失去了主人，

我们之未能做到，皆是以下原因：

森严的军纪被忽视；

看看有多少希腊营帐竖起，

就有多少虚伪的派系林立。

如若大将不像蜂房里的蜂王，

工蜂不把采集的食物奉上，

还能指望有什么蜂蜜可酿？倘若等级不分，

最低微的人也一样肆意炫耀。

天宇浩瀚，星辰肃立，连同这地球 [2]

皆等级分明，序列有张，

万物因循规律、轨道、比例、季节、形式，

职责和习俗，皆秩序井然；

所以，那璀璨的太阳 [3]

1　伊塔刻（Ithaca）：希腊西边的岛屿，尤利西斯的故乡。

2　地球：原文为 this centre，根据托勒密（Ptolemy）宇宙观，地球是宇宙的中心。

3　太阳：原文为 planet Sol，当时太阳被认为是一颗行星。

才得众星拱卫，高踞辉煌的王座之上：
慧眼如炬，明察吉星凶煞，
抑恶扬善，纠正过失偏差，
如君王的谕旨一路畅行。
倘若天体星辰
僭越常规，陷入混乱，
将出现可怕的瘟疫肆虐，异兆频发，暴乱环生，
海洋狂啸，山动地摇，
加上风暴、惊骇、变异和恐怖相伴，
会将这宇宙的和谐与平静
搅乱、撕裂、碾碎和毁灭，
万物不得安宁！
啊！秩序乃一切宏图伟业之阶梯，
秩序动摇，事业必遭殃！
失去秩序，则社区团体，
学校学位，城市行会，
不同口岸的贸易往来，
还有长子继承权和与生俱来的万般权利，
以及年长者、王冠、权杖、桂冠的种种特例
将如何立于合法之地？
秩序一旦废除，琴弦失去调和，
听吧！会有多少嘈杂之音鼓噪出，
每件事只会相互抵触。锁在河道中的河水
会抬高河床，溢出堤岸
将这个坚固的世界浸泡成一片汪洋；
强者欺凌弱小，
粗暴的儿子打死父亲；

强权即公理，或者说，在对与错的不断冲突中，

本该由正义裁决；

却再无正义可言，是非可辨。

一切都由权力说了算，

权力听从意志，意志听从欲望，

欲望这头贪得无厌的恶狼，

得到意志和权力的双重支持，

势必贪婪地扑食猎物，

最后连自己也一并吞噬。伟大的阿伽门农，

当秩序被扼杀至奄奄一息时，

这种混乱随之即至。

如此对秩序的漠视

使意图前行者，

反倒步步向后退。

将军被他的下级轻视，

下级军官遭下属慢待，

此下属又被更下层者轻视，

这样上行下效，谁都瞧不起他的上司，

造成了冷漠无情的钩心斗角和狂热猜忌。

正是这猜忌使特洛伊岿然屹立，

而非她自身的坚不可摧的城池。一言以蔽之，

特洛伊屹立至今是因为我们的弱点，而非她自身的力量。

涅斯托耳　　尤利西斯非常睿智，指出了

我们士气不振的根源。

阿伽门农　　尤利西斯，病因既然找到，

如何医治才好？

尤利西斯　　伟大的阿喀琉斯声名绝冠，

是我们的主要依赖和脊干，

只因耳朵里灌满了赞誉，

不觉变得飘飘然，终日横卧军帐中

把我们的雄才大略当笑谈；帕特洛克罗斯

懒洋洋陪他躺床上

尽把粗俗的笑话讲，

举止古怪又荒唐——

这个诽谤者，竟然说这就是

我们的模样。伟大的阿伽门农，

他有时把至高无上的您来模仿；

他像一个演员抬高腿迈阔步，把聪明

表现在腿筋上，喜不自禁地

听那脚步踏在台上蹬蹬响，

表现您的威仪雄姿

却用这种可怜、过火的扮相。

待他说话，

就像亟待修理的时钟，言语笨拙又荒唐，

即使出自咆哮的堤丰[1]之口

也嫌夸张。听到这般陈词滥调，

腰身粗壮的阿喀琉斯来回翻滚在压瘪的床上，

从胸腔深处发出笑声，大声喝彩，

"好极了！阿伽门农就是这德行。

现在给我扮演涅斯托耳：先咳嗽，再捋捋胡须，

就像他要演讲一样。"

等他扮完，他演得一点都不像，

---

1 堤丰(Typhon):希腊神话中的巨大怪物。堤丰挑战众神，它的力量来自于风暴、地震和火山。

犹如武尔坎和维纳斯一样别在天壤[1]，

神一般的阿喀琉斯却仍然高喊，"好极了！

这正是涅斯托耳。帕特洛克罗斯，再给我演

他浑身披挂应付夜里袭击的模样。"

于是乎，老年人的弱点

又成为他们的笑料：咳嗽，吐痰，

颤巍巍双手摸索着脖子上的护甲，

哆哆嗦嗦把那颗钉扣系上：看到这扮相

我们的大英雄笑得几乎要岔气，

大喊道，"啊！够了，帕特洛克罗斯，

求你给我一副钢打的肋骨吧！我的肋骨

要笑断了。"如此这般

我们的能力、天赋、性格和体型，

个人和全体的长处和优点，

战事进展、计谋、命令和防守，

上阵的勇气，或休战的辞令，

成功与失败，无论真与假，

都成了这两个人恣意取笑的谈资。

涅斯托耳　　　正如尤利西斯所言，

这两个人享有盛誉；

很多人模仿他们，受到感染。

埃阿斯变得固执己见，整天仰着脑袋

目空一切，和傲慢的阿喀琉斯一个做派，

在营帐中聚集党羽，饮宴作乐；

1　火神武尔坎（Vulcan）身体畸形，丑陋不堪。他的妻子、爱神维纳斯（Venus）却是最漂亮
　的女神。

指责战事，
大言不惭自比神谕，让忒耳西忒斯
那个张口就骂人的奴才
把我们贬得泥土不如；
削士气，败声誉，
全然不顾我们的危险境地。

尤利西斯　他们抨击我们的谋略，说那是懦夫行径，
认为战争中智慧并无用武之地，
阻挠先见之明，单重匹夫之勇；
及至运筹帷幄，
调集人马
审时度势，悉心侦察
打探虚实——
唉，全都不值一提。
他们说这是痴人说梦，纸上谈兵。
只觉那能撞倒城墙的战车
凭着巨大重量和强劲蛮力
较之那战车设计者更有功劳，
比那依靠聪明才思指挥战车的人
还要功高。

涅斯托耳　如此说来，阿喀琉斯的战马
该强似好几个阿喀琉斯了。（号声）

阿伽门农　什么号声？墨涅拉俄斯，去看看。

墨涅拉俄斯　来自特洛伊那边。

埃涅阿斯上

阿伽门农　什么风把你吹到了我们营帐？

埃涅阿斯　请问，这是伟大的阿伽门农的营帐吗？

阿伽门农	正是。
埃涅阿斯	我是信使，也是一位王子，
	可否送一个善意的消息给他尊贵的耳朵听？
阿伽门农	当着拥戴阿伽门农为统帅和首领的
	全体希腊将领的面，我可以给你
	比阿喀琉斯的膂力更坚强的保证。
埃涅阿斯	真是善意应允和慷慨保证。可是
	一个外人如何能在这些凡人中
	识辨出他尊贵的颜容？
阿伽门农	怎么？
埃涅阿斯	啊，
	我此问只为表露我的敬意；
	恰似黎明
	冷眼窥视晨曦[1]时
	面颊上现出娇羞的红润。
	哪一位是引导众生的那尊天神？
	哪一位是至高无上的阿伽门农？
阿伽门农	这特洛伊人讥笑我们，再不然就是
	特洛伊朝臣尽皆善辩能言。
埃涅阿斯	朝臣解甲时，尊贵优雅，
	温和如天使：和平时他们的名声本该如此。
	一当他们披挂阵前，则胆量十足，
	武器精，筋骨壮，刀剑露锋芒，
	蒙天神垂爱，

---

1 原文直译是"年轻的福玻斯"（the youthful Phoebus）：福玻斯是太阳神阿波罗的罗马名，这里译作"晨曦"。——译者附注

他们的勇气举世无双。但是住嘴吧，埃涅阿斯，
住嘴，特洛伊人，请用你的食指压住嘴唇。
如果赞美的话自己说，
那赞美的价值会失去很多。
如果赞美从敌人嘴里发出，
那种赞美才算纯粹，能让人声名远播。

阿伽门农　特洛伊使者，你说你叫埃涅阿斯？

埃涅阿斯　是的，希腊人，那是我的名字。

阿伽门农　请问你有什么事？

埃涅阿斯　请原谅，先生，这事只能对阿伽门农讲。

阿伽门农　他不能私下听取来自特洛伊的消息。

埃涅阿斯　我从特洛伊来，不是要对他窃窃私语；
我带来一只军号，要唤醒他的耳朵。
他必须全神贯注地倾听，
我才会开口说。

阿伽门农　像风一样敞开了说吧：
现在不是阿伽门农睡觉的时间，
你知道这个。特洛伊人，他醒着，
是他本人在对你说话。

埃涅阿斯　号声，高声吹吧，
把你嘹亮的响声传遍这些懒惰的营帐
和每一个有胆量的希腊人，让他知道
特洛伊人的意旨要高声宣讲。

号声齐鸣

伟大的阿伽门农，我们特洛伊
有位王子叫赫克托耳——普里阿摩国王是他父亲——
他在这沉闷而漫长的休战期间

筋骨闲得要生锈。他派我带来一只喇叭，

宣告这一意旨：诸位国王、王子和贵族，

如果这些最尊贵的希腊人中，

有谁视荣誉高过安逸，

有谁为追求赞美而不避凶险，

有谁相信勇气而毫不畏惧，

有谁深爱他的情人甚于他所承认，

不仅能当她的面海誓山盟，

亦敢拿起武器证明她的美貌和德行——

这个挑战就是对他发出。

在特洛伊人和希腊人的面前，

赫克托耳将要保证，或全力证明：

他的妻子聪明、美丽又忠贞，

超过希腊人怀抱中的所有女人。

明天在你们的营帐和特洛伊城墙的中间地带

他的喇叭将吹响，

叫阵一个忠于爱情的希腊人：

如果有人应战，赫克托耳将向他讨教；

如果无人出阵，他回到特洛伊就对人讲，

希腊姑娘黑又丑，不值得人

举起长枪[1]为之而战。这就是我要传的话。

阿伽门农　　埃涅阿斯殿下，你这番话我一定会传给情人们：

若我军中无这种人，

一定是留在了国内未出征。但我们作为军人，

若不想、不曾，或不在恋爱，

1　长枪（lance）：暗指"阴茎"。

他不是个懦夫才叫怪！
若有人正在、曾经，或想要恋爱，
那人定会向赫克托耳应战。倘若没别人，我亲自上阵。

涅斯托耳 告诉他有一位涅斯托耳，年少成名时
赫克托耳的祖父还在襁褓中。现在他老了，
假如我们希腊营中
无一名勇士心有火花
愿为爱情而出征，告诉他我愿前往。
我把这银白的胡须在黄金面甲里藏，
这干瘪的胳膊在钢铁甲胄中放，
与他阵前一会，要他知晓：我的妻
美过他的老祖母，论贞洁
全世界的女子都难比。他血气方刚属实，
我也要洒几滴英雄血证明我所言不虚。

埃涅阿斯 天哪！上天垂怜，绝不允许这么缺乏年轻人！

尤利西斯 阿门。

阿伽门农 埃涅阿斯将军，让我拉着你的手，
领你到我们大帐中。
一定要让阿喀琉斯知道你的来意，
我还要传谕每位希腊将军，每座营帐。
你走之前请和我们宴饮，
接受我们对一个高贵敌人的致敬。

众人下。尤利西斯与涅斯托耳留场

尤利西斯 涅斯托耳。

涅斯托耳 你要说什么，尤利西斯？

尤利西斯 我脑中孕育着一个想法，
你来帮我斟酌成形。

涅斯托耳　　你的想法是什么？
尤利西斯　　是这样：
　　　　　　要用重斧砍硬结，
　　　　　　阿喀琉斯的骄傲必须及时加以阻截。
　　　　　　若让骄傲的种子蔓延开
　　　　　　会有一大堆类似的恶果跟着繁衍，
　　　　　　到时候我们都将深受其害。
涅斯托耳　　那该怎么办？
尤利西斯　　英勇的赫克托耳发出这次挑战，
　　　　　　虽未指名道姓，
　　　　　　却明显是要阿喀琉斯。
涅斯托耳　　这次用意很明显，
　　　　　　如同大宗财产由小笔数目累加而成一样清晰可见，
　　　　　　当众宣布时，这确是毫无疑问，
　　　　　　纵然阿喀琉斯的头脑荒芜
　　　　　　如利比亚沙漠一般——虽然只有天知道，
　　　　　　那有多么荒凉干燥——他也应该
　　　　　　很快发现赫克托耳的意图
　　　　　　是针对他而来。
尤利西斯　　你的意思是激他迎战？
涅斯托耳　　对呀，这样最合适；若非阿喀琉斯
　　　　　　你还能提出谁
　　　　　　可以从赫克托耳夺取胜利？虽则这只是一场个人争锋，
　　　　　　较量起来却以成败论英雄。
　　　　　　特洛伊人这次用最优秀的人
　　　　　　探试我们最珍惜的荣誉；尤利西斯，相信我，
　　　　　　在这场疯狂的行动中，我们的荣誉可能受损。

结果虽关乎个人得失，
成败荣辱却可以警示全体将士，
以此为索引，虽然只显示鸿篇巨制的
星星点点，亦可
以小观大，看出
未来的大势和趋向发展。大家以为，
迎战赫克托耳的人必是我们遴选；
既是遴选，则必符合我们一致的心愿，
以德才为标准，选拔出
我们当中最优秀的人，作为
所有人长处中提炼出来的
精华体现；一旦失手，
战胜的一方将士气大振
信心增强百倍；
受鼓舞赤手空拳敢上阵，
搏刀枪，夺利刃，
冲锋陷阵无有所畏。

尤利西斯　　请恕我直言：
正因如此，才不能让阿喀琉斯出战赫克托耳。
我们做事应该像商人，先拿最次货色，
看能否脱手；如不能，
再拿好货上市，
方显其光彩。不要赞同
阿喀琉斯迎战赫克托耳，
因为这次无论我们得到的是荣是辱，
都有不良的后果相随。

涅斯托耳　　我老眼昏花看不出：有何不良后果？

尤利西斯　　如果阿喀琉斯不这么骄傲，

我们就能与他共享他从赫克托耳手里夺得的荣耀；

但是他已经桀骜难驯。

如果他成功躲过赫克托耳的攻击，

即使我们让非洲的骄阳把我们烤干，

也强似忍受他目空一切、蔑视众生的眼神和傲慢。

如果他被击败，

等于我们最杰出的将领蒙辱，

全军的声誉也跟着受到玷污。

不，还是抽签吧，

我们略施小计让那愚蠢的埃阿斯抽中

去迎战赫克托耳：我们自己

且一致承认他更优秀，

因为这会给那位听惯了喝彩的伟大的密耳弥冬人[1]

一副清心剂，让他头盔上翘得比彩虹还高的羽毛

低垂些许。

假如那呆头呆脑的埃阿斯安然而归，

我们就替他大肆吹嘘；假如他败下阵来，

我们也能保全荣誉，

因为我们还有更好的人才。但是，无论胜负，

我们的计划要达到如下目的：

借埃阿斯之手，压下阿喀琉斯的傲气。

涅斯托耳　　尤利西斯，现在

我开始欣赏你的计谋了；

我要让阿伽门农知道。

1　指阿喀琉斯。他带领一队密耳弥冬武士参加特洛伊战争。

我们现在就去找他。
要让两条狗相互撕咬，骄傲
是挑动他们争斗的肉骨头。　　　　　　　　　同下

第 二 幕

第一场 / 景同前

埃阿斯与忒耳西忒斯上

埃阿斯 忒耳西忒斯！

忒耳西忒斯 要是阿伽门农长了疮，浑身上下都长满，会怎么样？

埃阿斯 忒耳西忒斯！

忒耳西忒斯 那些疮还都流脓了呢？这么说，那不是统帅通体在流脓吗？那不算是个大脓包吗？

埃阿斯 你这条狗！

忒耳西忒斯 总得有点什么从他身上流出来吧，眼下我啥都没看到。

埃阿斯 你这狗娘养的，你没听见吗？招打。（打他）

忒耳西忒斯 让希腊的瘟疫都降到你身上吧，狗杂种[1]笨蛋将军！

埃阿斯 说吧，你这发霉的生面团，叫你说。我要把你这丑脸打得好看点。

忒耳西忒斯 我的嘴比你手快，我要把你骂得聪明懂事些；不过我想，你的马要背诵一篇演说词，也快于你学段祈祷文。你会打人是吧？你这害血瘟的笨蛋！

埃阿斯 毒蘑菇，告诉我布告上说什么。

忒耳西忒斯 你觉得我不知道疼吗，这么打我？

埃阿斯 布告说什么！

---

1 杂种（Mongrel）：暗指埃阿斯的混血出身。他母亲赫西俄涅（Hesione）是特洛伊国王普里阿摩的妹妹，父亲忒拉蒙（Telamon）是希腊人。

忒耳西忒斯	我想它说你是个大傻瓜。
埃阿斯	别惹恼我，野猪，别这样；我手指头还痒着呢。
忒耳西忒斯	我希望你从头痒到脚，我给你浑身上下都挠破：挠成全希腊人见人烦的癞皮虫。
埃阿斯	告诉我，那布告说什么！
忒耳西忒斯	你无时无刻不抱怨辱骂阿喀琉斯，你嫉妒他的伟大，就像冥府里的恶狗[1] 嫉妒漂亮的阴间王后[2]。哼，你就会对他乱叫。
埃阿斯	妖婆忒耳西忒斯！
忒耳西忒斯	你该去打他。
埃阿斯	你这烤坏了的面包圈！
忒耳西忒斯	他会用拳头打得你血肉横飞，像水手生生把一块硬面包砸碎。
埃阿斯	你这婊子养的狗！（痛打他）
忒耳西忒斯	你打呀，你打。
埃阿斯	你这老妖婆的臭马桶！
忒耳西忒斯	好，你打呀，你打，你这糊涂虫将军！我的胳膊弯都比你有头脑；一头毛驴都足够教导你。你这无用的蠢驴！你来这里是打特洛伊人，却听凭那些聪明人把你像蛮族奴隶一样呼来唤去。要是你总打我，我就从你脚后跟开始，一寸一寸往上骂，数落数落你算个啥东西，没心肠的家伙，你呀你！
埃阿斯	你这条狗！
忒耳西忒斯	你这无用的将军！

1 冥府里的恶狗：原文为 Cerberus（刻耳柏洛斯），是看守冥界大门的恶狗，有三个头。
2 阴间王后：原文为 Proserpina，又名 Persephone（珀耳塞福涅），是罗马神话中冥土的王后。

埃阿斯	你这恶狗！（痛打他）
忒耳西忒斯	战神手下的白痴！打吧，笨蛋，打吧，牲口；打吧，打吧。

阿喀琉斯与帕特洛克罗斯上

阿喀琉斯	啊，怎么回事，埃阿斯？你为什么打他？ 怎么回事，忒耳西忒斯？怎么了？
忒耳西忒斯	你都看见他干什么了吧？
阿喀琉斯	啊，怎么回事？
忒耳西忒斯	不，再看看他。
阿喀琉斯	我看了；怎么回事？
忒耳西忒斯	不，把他看清楚。
阿喀琉斯	好了，我看清楚了。
忒耳西忒斯	你看得还远不够，因为不管你怎么看他，他还是埃阿斯。
阿喀琉斯	我知道，傻瓜。
忒耳西忒斯	不错，可是那傻瓜却不清楚他自己傻。
埃阿斯	所以我才打你。[1]
忒耳西忒斯	看，看，看，看，他说的这是什么混账话！他的借口像驴一样蠢。我敲打他的脑袋，比他打我的骨头还要狠。我愿意花一个便士买九只麻雀，可他的脑筋连一只麻雀的九分之一都抵不上。我告诉你，阿喀琉斯，这位埃阿斯将军——他把脑袋装进了肚子里，肠子塞进了脑袋里——告诉你我就这么说他。
阿喀琉斯	怎么说？
忒耳西忒斯	我说，这位埃阿斯——（埃阿斯又想痛打他）
阿喀琉斯	住手，好埃阿斯。

---

1 埃阿斯不自觉地承认了自己是傻瓜。

忒耳西忒斯	没多少脑子——
阿喀琉斯	（对埃阿斯）不，我必须抓住你。
忒耳西忒斯	还塞不满海伦的针眼，他来打仗可是为了她。
阿喀琉斯	住口，傻瓜！
忒耳西忒斯	我倒是想住口，安静会儿，可是那傻瓜不肯；他一个劲儿胡闹，瞧他！你瞧他！
埃阿斯	啊，你这该死的狗东西，我要——
阿喀琉斯	你何必跟一个傻瓜斗嘴呢？
忒耳西忒斯	不，我向你保证，因为他斗不过一个傻瓜。
帕特洛克罗斯	说得好，忒耳西忒斯。
阿喀琉斯	你们为什么吵架？
埃阿斯	我叫这混蛋告诉我布告上说什么，他就骂我。
忒耳西忒斯	我不是为你服务的。
埃阿斯	好，好，很好。
忒耳西忒斯	我来这里服务是自愿的。
阿喀琉斯	你刚才的服务挨了打，那可不是自愿的；没人自愿挨打。埃阿斯自愿来参战，你却是征召来的。
忒耳西忒斯	确实如此。你的一大堆的智慧也是藏在肉筋里了，不然那些人就是在撒谎。赫克托耳要是把你们俩谁的脑袋敲开，他一定大有收获；就好像敲碎一颗没有果仁的烂核桃。
阿喀琉斯	怎么，忒耳西忒斯，你连我也骂上了？
忒耳西忒斯	还有尤利西斯和老不死的涅斯托耳，在你们祖父的脚趾头还没有生出趾甲以前，他们的脑筋就发霉了，却把你们当牛马一样使唤，赶你们上战场卖命。
阿喀琉斯	什么？什么？
忒耳西忒斯	是的，就是这么回事。驾，阿喀琉斯！驾，埃阿斯！

驾——

埃阿斯	我要把你的舌头割下来。
忒耳西忒斯	没关系,割了舌头我也比你能说会道。
帕特洛克罗斯	别再说了,忒耳西忒斯,住口!
忒耳西忒斯	阿喀琉斯的走狗要我闭嘴,我就得闭嘴吗?
阿喀琉斯	这是在骂你,帕特洛克罗斯。
忒耳西忒斯	我不看到你们像笨蛋一样被吊死,就不会再去你们的营帐;现在我要去找个有聪明人的地方住下,躲开你们这群傻瓜。 下
帕特洛克罗斯	走得好。
阿喀琉斯	埃阿斯,告示上传谕全军的是这件事: 赫克托耳约定明天早上十一点, 以喇叭为号,在我们营地与特洛伊城之间, 召唤一名骑士去决战, 这位骑士要有勇气,还要敢 宣称——我记不清了:反正都是废话。再见。
埃阿斯	就这么再见了?谁去应战?
阿喀琉斯	我不知道;说是要抽签;否则 大家知道该是谁。
埃阿斯	噢,你的意思是你?我要再去瞧瞧。 众人下

第二场 / 第四景

特洛伊

普里阿摩、赫克托耳、特洛伊罗斯、帕里斯及赫勒诺斯上

普里阿摩　　抛掷这么多时间、生命和言语之后，

涅斯托耳又从希腊军中传话说：

"交出海伦，则其他所有损失——

诸如荣誉受损、时间浪费、人力艰辛、物资消耗，

将士伤亡、朋友失和，以及被这场贪婪战争

所蚕食鲸吞的一切宝贵东西——

皆可既往不咎。"赫克托耳，你对此有何见解？

赫克托耳　　就我个人而言，

虽然我比谁都更不畏惧这些希腊人，

可是，尊贵的普里阿摩，

赫克托耳比所有女人都更心软，

更容易产生恐惧的忧虑，

更准备随时发出呼喊"谁知道接下来会发生什么？"

自恃安全于和平有害，

过于自信令人自负。适度的疑虑

是智者的灯塔，是勘察最坏境遇的探针。

让海伦回去吧：

自从为了这个问题拔剑相斗，

我们已经牺牲了成千上万的生命，

每一个生命都和海伦一样宝贵——

我是说，我们特洛伊人。

如果我们失去了这么多同胞

去保卫一件既不属于我们、又对我们没有价值的东西，

即使她是我们特洛伊人，和我们的生命一样宝贵，

又有什么理由不把她

送还回去？

特洛伊罗斯 呸，呸，我的哥哥！

你能把我们尊贵的父亲

作为国王的身份和荣誉

放在普通天平上称量吗？

你要用毫无价值的算珠计量他无限的伟大，

用恐惧和理性这类狭窄的尺寸

把他不可估量的伟岸套入凡人的腰身吗？

呸，真是丢人！

赫勒诺斯 你的话不足为奇，虽然你这样痛斥理性，

你却是最缺乏理性之人。难道我们父王

会因为你对他说了这毫无理性的话

就不应该用理性处理国家大事吗？

特洛伊罗斯 你只适合睡觉和做梦，祭司哥哥。

你生活安逸，满口理性。按照理性你就会这么做：

你知道敌人要害你，

你知道刀剑出鞘有危急，

靠理性，看见危害就逃掉。

不足奇，当赫勒诺斯看到仗剑的希腊人，

他把理性的翅膀安在脚后跟上拼命跑，

像挨骂的信使[1]躲天神

---

1 信使：原文为 Mercury（墨丘利），是天神朱庇特的信使，常被绘成鞋上有翅膀的形象。

　　　　　　　　或似流星出轨道。
　　　　　　　　不，如果我们喋喋不休谈理性，
　　　　　　　　索性关门睡大觉；男子汉争荣誉
　　　　　　　　一旦头脑被理性塞满，心里难免生怯气；
　　　　　　　　总想着理性与审慎，
　　　　　　　　就会胆战心惊没勇气。

赫克托耳　　兄弟，她不值得我们付出这么大代价
　　　　　　　　留住不放。

特洛伊罗斯　什么东西的价值不是由人来衡量？

赫克托耳　　可是价值的衡量不能取决于个人意志。
　　　　　　　　它自身既要有可贵之处；
　　　　　　　　又须得估价者看重，
　　　　　　　　其价值和地位方能定。
　　　　　　　　给神的献祭超过它应得之份，
　　　　　　　　就是疯狂崇拜。
　　　　　　　　意志昏聩乃是不考虑其自身价值
　　　　　　　　而一味病态地溺爱。

特洛伊罗斯　假如我今天娶妻，我的选择
　　　　　　　　受我意志的指使；
　　　　　　　　我的意志又为我眼睛和耳朵所左右，
　　　　　　　　这眼睛和耳朵是意志和判断
　　　　　　　　这两条危险堤岸之间有经验的舵手。
　　　　　　　　纵然我的意志嫌弃它的选择，
　　　　　　　　我又如何能够放弃我选的妻？既想逃避选择，
　　　　　　　　又想守住荣誉，此事难两全。
　　　　　　　　我们既已经把绸缎弄脏，
　　　　　　　　就不会退还给丝绸商；

我们也不能因为酒足饭饱

就把残羹剩汤倒进肮脏的垃圾筐。当初众口一心

帕里斯应该报复希腊人；

你们的一致同意鼓动了他的风帆，

连大海和风浪这对老冤家也达成和解，

为他效力，一帆风顺送他到达想去的口岸。

为了报复希腊人掠走我们的老姑母，

他带回来一位希腊王后，她的青春和鲜丽

衬得太阳神又老又丑，清晨亦腐旧。

为什么我们留下她？希腊人还扣着我们的姑姑；

她值得留吗？啊，她是一颗珍珠，

她的价值引动千船竞渡，

让无数国王成了探宝的商贩。

如果你们认同帕里斯当初去得对——

你们必须认同，因为你们都高喊"去吧，去"——

如果你们承认他带回了高贵的战利品——

你们必须承认，因为你们都拍手相庆

振臂欢呼，"真是无价之宝！"——那你们现在为什么要

谴责自己智慧的果实，

比无常的命运更善变，

把你们曾赞誉为比海洋和陆地更富饶的宝物

贬损得不值分文？啊！最卑劣的盗贼也莫过于此，

既然已经偷了来，却害怕保存！

我们不配这样窃得的宝物，

在他们的国家狠狠地羞辱了他们，

回到我们自己的地界却害怕承认！

卡珊德拉从远处披头散发上

卡珊德拉	哭吧，特洛伊人，哭吧！
普里阿摩	什么声音？谁在喊叫？
特洛伊罗斯	是我们的疯妹妹，我听得出她声音。
卡珊德拉	（上前）哭吧，特洛伊人！
特洛伊罗斯	是卡珊德拉。
卡珊德拉	哭吧，特洛伊人，哭吧！借给我一万只眼睛， 我要让它们都充满先知的泪水。
赫克托耳	安静，妹妹，安静！
卡珊德拉	少男少女们，中年人和满脸皱纹的老人 还有柔软的只会哭泣的婴儿， 和我一起痛哭吧！让我们先预支 一部分即将降临的巨大悲痛。 哭吧，特洛伊人，哭吧！让你的眼里充满泪水！ 特洛伊城将不复存在，美丽的伊利姆王宫将不再矗立； 我们的火把兄弟帕里斯 [1] 将把我们烧成灰烬。 哭吧，特洛伊人，哭吧！海伦就是祸根； 哭吧，哭吧！特洛伊要烧起来了，不然就放海伦走吧。 （下）
赫克托耳	现在，年轻的特洛伊罗斯，难道我们妹妹 这高声疾呼的预言都不能 令你后悔？难道你的血液 竟然如此狂热至不可喻， 难道你连师出无名必遭败绩亦不惧， 如何才能安抚你？

1　火把兄弟（firebrand brother）：当初帕里斯的母亲赫卡柏王后怀孕时，梦见自己将生下一个持火把者，他会把特洛伊城烧为废墟。

特洛伊罗斯　　啊，赫克托耳哥哥，
　　　　　　　我们不可以认为每个行动
　　　　　　　只凭其产生的结果来判定；
　　　　　　　也不可因为卡珊德拉的疯癫
　　　　　　　就顿挫我们的勇气：她神经错乱的呓语
　　　　　　　决不能令人讨厌这场战争的正义
　　　　　　　我们都对此寄托了
　　　　　　　各自的荣誉。就我个人而言，
　　　　　　　我像普里阿摩的所有儿子一样：
　　　　　　　天神绝不允许我们当中有谁
　　　　　　　勇气上受到了哪怕是极小的冒犯
　　　　　　　却不愿挺身反击。

帕里斯　　　否则，世人就会相信
　　　　　　　我行动的轻率和你们决策的鲁莽是有罪的：
　　　　　　　但是我请天神作证，是你们一致的赞许
　　　　　　　给我的构想插上了翅膀，斩断一切恐惧
　　　　　　　去实施这么危险的计划。
　　　　　　　哎呀，要不然，我只身一人能做成什么？
　　　　　　　一人之勇何以抵挡
　　　　　　　这场争端挑起的群情激愤
　　　　　　　和倾国敌意？然而，我要声明，
　　　　　　　如果要我独自担当这危难，
　　　　　　　如果我拥有足够的权力能和我的意志相匹配，
　　　　　　　帕里斯决不会从他已经做下的事中后退，
　　　　　　　定会勇往直前不气馁。

普里阿摩　　帕里斯，你这样说话
　　　　　　　好像一个人沉醉于甜蜜的快乐中；

　　　　　　　　　你享用蜜糖，别人却把苦胆尝，
　　　　　　　　　所以，这种勇敢不值得表彰。
帕里斯　　　　陛下，我本无意独自享用
　　　　　　　　　这样一位美人带来的欢娱，
　　　　　　　　　可是我光明正大地拥有她
　　　　　　　　　才会洗刷她被诱失身的污垢。
　　　　　　　　　现在如果在卑鄙的胁迫下
　　　　　　　　　交出对她的拥有权，
　　　　　　　　　对于这位被劫的王后是何等严重的背叛，
　　　　　　　　　又会怎样亵渎您伟大的尊严，亦令我何等难堪！
　　　　　　　　　难道如此卑劣的念头
　　　　　　　　　竟能侵入您高贵的胸襟？
　　　　　　　　　为了保护海伦，我们这里
　　　　　　　　　最卑微的人也充满勇气，敢拔剑而起；
　　　　　　　　　只要是因为海伦，最高贵的人
　　　　　　　　　也愿意死不惜命，舍身效力。
　　　　　　　　　所以，我要说，
　　　　　　　　　让我们为她而战斗，我们皆知晓，
　　　　　　　　　世界之辽阔亦无法与她的美相媲。
赫克托耳　　　帕里斯和特洛伊罗斯，你们的话说得很漂亮，
　　　　　　　　　可是对于现在讨论的原因和问题
　　　　　　　　　解释得却肤浅，
　　　　　　　　　正像亚里士多德[1]所说的那些
　　　　　　　　　不适合听道德哲学的年轻人一样：

1　亚里士多德（Aristotle）：希腊著名的哲学家。实际上，亚里士多德生活的年代比特洛伊战争
要晚好几个世纪。

你们提出的理由

只能引起狂热偏激的意气，

而不能成为裁定对错的准则，

因为享乐和复仇的人，

他们的耳朵比蝰蛇[1]还聋，对有正确判断的声音

充耳不闻。自然的法则要求

所有东西都要物归其主：现在，

在人伦之中，把妻子归还丈夫

岂非天经地义？

如果这条自然法则

被欲望所腐蚀，

伟大人物的心灵因为一己私欲

受蒙蔽，对之公然违背，

那么，每一个法纪严明的国家都会制定法律

抑制这种悖逆妄为

和人欲横流的行为。

如果海伦是斯巴达国王之妻，

众所周知她的确是，按照天理人伦

和国家法律，都应该把她送回去：因此

执迷于错误不能减轻错误，

而是使之更严重。这是赫克托耳

认为正确的见解。不过，

我勇敢的兄弟，我赞同你们

留下海伦的决心，

1　蝰蛇（adders）：据传蝰蛇为了抵御耍蛇者的诱惑，会用自己的尾巴堵住一只耳朵，同时将另一只耳朵紧贴地面。

因为此事和我们全体和个人的荣誉
都休戚相关。

特洛伊罗斯　啊，你这句话说中了此事的核心：
如果单单出于激愤的意气之争，
而非因为我们更看重的荣誉
我也不愿意为了保护她
再把一滴特洛伊人的血抛洒。可是，高贵的赫克托耳，
她事关荣誉和声望，
刺激我们建立英勇卓绝的丰功伟绩，
这份勇气现在可以让我们击败仇敌，
将来可以使我们流芳青史。
我相信，勇敢的赫克托耳
即使把整个世界的财富送给他，
也不愿意放弃
这一荣誉降临在他头上的千载良机。

赫克托耳　我全力支持你们，
伟大的普里阿摩的英勇儿子。
我已经向那些迟钝、混乱的希腊贵族
发出了意气风发的挑战，
会振奋他们本来无精打采的精神。
我听说他们的主帅只顾昏睡，
军中将士却明争暗斗；
我想，这次挑战会让他清醒。　　　　　众人下

第三场 / 第五景

希腊营地

忒耳西忒斯独自上

忒耳西忒斯　怎么啦，忒耳西忒斯？怎么，你气昏头了吗？埃阿斯那头大象能这么欺负人吗？他打了我，我也骂了他。哦，总算还出了口气！但愿颠倒过来就好了：他骂我的时候，我也能揍他。上帝的脚啊，我要学些降魔招鬼的法术，看看我的诅咒落在他头上是什么结果。还有阿喀琉斯，真是个奇才。要是特洛伊城靠这两人挖洞才能攻下来，它的城墙将一直立在那里，除非自己倒掉。啊！奥林波斯山上伟大的雷霆之神啊，要是不能把他们那点少之又少、微乎其微、微不足道的智慧拿走，就忘掉你是众神之王乔武吧[1]；还有信使之神墨丘利，就失去你蛇杖的魔力吧[2]。连愚不可及的人也知道他们的智慧这么稀少，要救下一只蜘蛛网上的苍蝇，除了拔出笨重的刀剑砍断蜘蛛网，别的办法他们竟然都想不到。还有啊，让整个营地都遭殃吧！或者让他们全都染上杨梅疮！因为他们在为一个女人打仗，活该遭到这报应。我已经祷告完了，让魔鬼嫉妒说"阿门"吧。——那是谁？阿喀琉斯将军？

帕特洛克罗斯钻出帐篷上

帕特洛克罗斯　那是谁？忒耳西忒斯吗？好忒耳西忒斯，进来骂人吧。

1　乔武（即朱庇特）的武器是雷霆。
2　墨丘利的魔杖上有两个蛇头。

（帕特洛克罗斯回到帐篷里）

忒耳西忒斯　　要是我能想到一块镀银的假币，你绝对逃不掉。不过没关系；你骂你自己就够了！愿人类共同的诅咒，不管是无知还是愚昧，都一股脑降到你头上！愿上天保佑，你得不着名师指点，受不到纪律约束！让你的身体受欲望引导一直到死！要是还能有个女人替你收尸，说你尸体好看；我就要一遍又一遍发誓言，保证她除了麻风病人的尸体，别的人她从来没有装殓过。阿门。——阿喀琉斯在哪里？

（帕特洛克罗斯从帐篷里重新出来）

帕特洛克罗斯　　什么，你也相信神吗？你刚才在祷告？

忒耳西忒斯　　是啊，上天会听到我的祷告！

阿喀琉斯钻出帐篷上

阿喀琉斯　　谁在那里？

帕特洛克罗斯　　忒耳西忒斯，将军。

阿喀琉斯　　哪里？哪里？你来了吗？啊，我的干酪，我的开胃药。你怎么很长时间都不来看我呢？过来，给我说说阿伽门农是什么？

忒耳西忒斯　　你的主人，阿喀琉斯。那么，帕特洛克罗斯，你告诉我：阿喀琉斯是什么？

帕特洛克罗斯　　你的主人，忒耳西忒斯；那么请你告诉我，你是何人？

忒耳西忒斯　　我是了解你的人，帕特洛克罗斯。告诉我，帕特洛克罗斯，你是什么？

帕特洛克罗斯　　既然了解我，你就说好了。

阿喀琉斯　　啊，你说，你说。

忒耳西忒斯　　我来把整个问题说清楚。阿伽门农统率阿喀琉斯，阿喀琉斯是我主人，我是了解帕特洛克罗斯的人，帕特洛克罗斯是个傻瓜。

帕特洛克罗斯	你这混蛋！
忒耳西忒斯	闭嘴，傻瓜，我还没说完。
阿喀琉斯	他有骂人的特权。接着说，忒耳西忒斯。
忒耳西忒斯	阿伽门农是个傻瓜，阿喀琉斯是个傻瓜，忒耳西忒斯是个傻瓜，前边已经说过，帕特洛克罗斯是个傻瓜。
阿喀琉斯	解释一下这个结论：说。
忒耳西忒斯	阿伽门农是个傻瓜，竟然想统率阿喀琉斯；阿喀琉斯是个傻瓜，竟受阿伽门农的统率；忒耳西忒斯是个傻瓜，竟伺候这样一个傻瓜；帕特洛克罗斯则是个绝对的傻瓜。
帕特洛克罗斯	我怎么是个傻瓜了？

阿伽门农、尤利西斯、涅斯托耳、狄俄墨得斯、埃阿斯与卡尔卡斯上，站在远处

忒耳西忒斯	这个问题该去问造物主；对我来说，知道你是傻瓜就足够了。你看，谁来这里了？
阿喀琉斯	帕特洛克罗斯，我不想和任何人说话。跟我进来，忒耳西忒斯。　　　　　　　　　　　　　　　　　　　*下*
忒耳西忒斯	这里到处是狡诈、虚伪和欺骗！所有争执不过是为了一个乌龟和一个婊子[1]，只弄得彼此猜忌闹分歧，头破血流命归西。哎，让惹这事的身上长疮，让战争和淫欲把大家都毁光！　　　　　　　　　　　　　　　　　　*下*
阿伽门农	（上前）阿喀琉斯在哪里？
帕特洛克罗斯	在他的帐篷里，可是他身体不太舒服，元帅。
阿伽门农	让他知道我们在这里。 他辱骂我们的使者， 我们却放下身段来看他：

1　乌龟（cuckold）、婊子（whore）：分别指墨涅拉俄斯和海伦。

	告诉他，叫他不要以为 我们不敢显示自己的权威， 摆出身份和地位。
帕特洛克罗斯	我就如实对他讲。（下）
尤利西斯	我们刚才看见他在帐篷口： 他没有生病。
埃阿斯	是的，他得了狮子病，骄傲病；如果你喜欢这人，你也可以说这是忧郁症。但是，拿我的头下赌注，那就是骄傲。但是为什么，为什么？让他告诉我们理由。——我对您说句话，元帅。（埃阿斯与阿伽门农到一旁说话）
涅斯托耳	什么事情让埃阿斯这样骂他？
尤利西斯	阿喀琉斯把他的弄人骗走了。
涅斯托耳	谁，忒耳西忒斯？
尤利西斯	正是。
涅斯托耳	那么如果埃阿斯失去了发火的对象，埃阿斯就没人发火了。
尤利西斯	不，你看，阿喀琉斯把他发火的对象骗走了，阿喀琉斯就成了他发火的对象。
涅斯托耳	那样更好；他们失和比他们联合更符合我们的愿望，但是一个小丑就能让他们失和，那他们的联合也忒牢靠了。
尤利西斯	不是智慧联结起来的友谊，很容易被愚蠢拆散。

帕特洛克罗斯上

	帕特洛克罗斯来了。
涅斯托耳	阿喀琉斯没和他一起来？
尤利西斯	大象的腿有关节，可不是为了行礼；它的腿必要时才用，可不是为了屈膝。
帕特洛克罗斯	阿喀琉斯叫我说，

如果您大驾光临和诸位将军前来造访他，
除了运动和消遣之外尚有他事，
他深感抱歉；他希望您并无别的原因
只是为了您健康和消化的缘故，
饭后出来呼吸新鲜空气。

阿伽门农 听着，帕特洛克罗斯：
这样的回答我已经太熟悉；
他这种轻俏蔑视的托辞，
也不超出我的理解。
他优点很多，所以我们也
恭维他很多；但是他所有的美德，
因为他自恃过高，
在我们眼里已经开始失去光彩。
对，就像新鲜的水果放在脏盘子里，
很容易因为无人品尝而烂掉。去告诉他，
我们来找他说话；你不要怕得罪他，
尽管对他讲，我们认为他太过骄傲，
不值得尊敬；太过自负
很是不理性。
位高者在这里等他，
放弃他们权威的神圣力量
对他的颐指气使低声下气，
他却装模作样、冷淡粗野。是的，看看
他横行霸道，喜怒无常，
好像这场战争的进程和全部事务
都要他一人担当。去告诉他这些话，
再加上这句：如果他还如此高估自己的价值，

我根本就不再用他；而是任其成为一台

搬不动的机器生锈发霉。再加一句：

"拿出行动来，他这样不能去参战了：

我们宁愿欣赏一个活蹦乱跳的侏儒，

也看不上一个昏睡的巨人。"把这话告诉他。

帕特洛克罗斯 我这就去，立刻把他的回答带给您。

阿伽门农 派人转达的话我不满意；

我要听他亲口回答。——尤利西斯，你进去。

尤利西斯随帕特洛克罗斯下

埃阿斯 他什么地方比人强？

阿伽门农 只不过他觉得自己比别人强。

埃阿斯 他真这么厉害吗？您是不是认为他自己觉得比我强？

阿伽门农 毫无疑问。

埃阿斯 那您赞同他的想法，觉得他比我强吗？

阿伽门农 不，高贵的埃阿斯；你和他一样强壮、一样勇敢又一样聪
明，论高贵你不比他差一点，论脾气你比他好很多，而且总
而言之，比他更服从命令。

埃阿斯 一个人为什么要骄傲？骄傲是怎么生出来的？我连骄傲是什
么都不知道。

阿伽门农 你的头脑更清楚，埃阿斯，你的美德更高尚。骄傲的人会
毁掉自己：他把骄傲当成是他的镜子、喇叭和功劳簿，凡
事都自吹自赏，值得称赞的事也会价值减损变走样。

尤利西斯上

埃阿斯 我讨厌骄傲的人，就像讨厌癞蛤蟆卵一样。

涅斯托耳 （旁白）但是他喜欢他自己，这不奇怪吗？

尤利西斯 阿喀琉斯明天不上战场。

阿伽门农 他的理由是什么？

尤利西斯	他没有给出任何理由，
	只一意孤行，
	对任何人都没有一丝尊重，
	全凭意气用事，孤芳自赏。
阿伽门农	我们虚心请教，
	他为何不出来相见？
尤利西斯	本只是些微小事，只因为我们前来请教的缘故，
	他便当做事体重要；于是妄自尊大
	骄傲得连话都不想讲，
	开口都像和自己闹别扭一样；这想象中的优越感
	在他的血液里奔腾咆哮，
	他的头脑和活跃的四肢爆发了激烈冲突，
	自相残杀和抵触，
	使阿喀琉斯王国[1]陷入暴乱。我该怎么说呢？
	他难以忍受的骄傲，
	已经病入膏肓，无可救药。
阿伽门农	让埃阿斯去找他。——
	亲爱的将军，你去到他帐篷里问候他；
	据说他待你不错，你去请他，
	或许他肯客气点。
尤利西斯	啊，阿伽门农，请不要这样！
	我们宁愿埃阿斯的脚步
	离阿喀琉斯越远越好。那位骄傲的将军
	已经被傲慢迷住了心窍，
	除了自我迷恋和陶醉

1　阿喀琉斯王国（Kindomed Achilles）：这里把阿喀琉斯比喻成一个王国。

再不把这世界上的任何事情

放在心上；我们难道要

让一个我们更崇拜的偶像去巴结他？

不，这位比他尊贵三倍、正直勇敢的将军

不能贬低他的尊严和体面，

我可不愿意这位和阿喀琉斯盛名相当的人

降低身份去拜会他；如果这样做，

那简直是给他不可一世的傲气扇风，

给烈日炎炎的夏日

添炭加火。

让这位将军去见他？连朱庇特都不准这么做，

反倒会发出雷霆般的怒吼："让阿喀琉斯滚出来拜见他。"

涅斯托耳　　（旁白）啊！说得好；这话说到他心窝里去了。

狄俄墨得斯　（旁白）看他一声都不吭，多么享受这奉承！

埃阿斯　　　要是我去见他，就用我这铁拳

砸碎他的脸。

阿伽门农　　啊，不，你不能去。

埃阿斯　　　要是和我要神气，我就专门整治他的坏脾气。

让我去见他。

尤利西斯　　为了这个争执不值得。

埃阿斯　　　无聊、放肆的家伙！

涅斯托耳　　（旁白）他这样形容自己倒不差！

埃阿斯　　　他就不能对人客气点？

尤利西斯　　（旁白）乌鸦却骂别人黑。

埃阿斯　　　我要给他的傲气放点血。

阿伽门农　　（旁白）自己本来是病人，反倒乐意当医生。

埃阿斯　　　要是大家和我一样想——

尤利西斯	（旁白）聪明智慧就没指望。

尤利西斯　　（旁白）聪明智慧就没指望。

埃阿斯　　　他不能这么狂妄，再狂妄就叫他把剑吞到肚里去 [1]；骄傲
　　　　　　能占上风吗？

涅斯托耳　　（旁白）果真如此，你的狂妄也有他一半多。

尤利西斯　　（旁白）他该有百分百。

埃阿斯　　　我要把他当成面团捏；我要把他揉成软团。

涅斯托耳　　（旁白）他还不够热血沸腾。再说几句恭维话往他心里
　　　　　　灌，灌他，罐他，把他的野心彻底点燃。

尤利西斯　　（对阿伽门农）元帅，您对这种不喜欢的事太纵容了。

涅斯托耳　　我们尊贵的统帅，不能这样。

狄俄墨得斯　您必须准备不靠阿喀琉斯作战。

尤利西斯　　唉，就因为总提他的名字，这才害了他。
　　　　　　眼前倒有一个人——不过当着他的面，
　　　　　　我还是不说吧。

涅斯托耳　　您为什么不说呢？
　　　　　　他又不像阿喀琉斯那样争强好胜。

尤利西斯　　全世界都知道，他和阿喀琉斯一样勇猛。

埃阿斯　　　婊子养的畜生，竟然躲着我们不见面！
　　　　　　他要是个特洛伊人，看我怎么收拾他！

涅斯托耳　　如果在埃阿斯身上，这是多么大的恶习——

尤利西斯　　如果他这么骄傲——

狄俄墨得斯　或这么爱听人奉承——

尤利西斯　　啊，这么生性傲慢——

狄俄墨得斯　或脾气古怪，妄自尊大！

1　把剑吞到肚里去（eat swords）：可能是想说"把话吞到肚里去（eat his words）"，原文用"剑（sword）"，也许是想和"话（word）"产生双关语的效果。

尤利西斯	感谢上苍，将军，你天性仁厚；
	赞美赋予你生命的父亲，赞美给你哺乳的母亲，
	愿教你学问的老师名闻遐迩，你的天赋
	更三倍于他那远播的声望，超过他所有的学识；
	但是传授你武艺的师傅更值得赞美，
	让战神把不朽的威名分成两份
	赠一份给他；至于你的力气
	连那力举全牛的米洛 [1] 也要把他的英名让给
	健壮的埃阿斯。我不用恭维你的智慧，
	那是像围墙、篱笆和堤岸一样围绕着的
	广阔而浩瀚的才华。这有一位涅斯托耳——
	见多识广经验多——
	他确定、一定以及肯定智慧过人；
	但是请原谅，父亲般的涅斯托耳，即使您
	和埃阿斯一样年轻，头脑受到如此教诲，
	您也不会超过他，
	顶多只会和他不相上下。
埃阿斯	我叫您父亲吧？
尤利西斯	好，我的好儿子。
狄俄墨得斯	要听他的话啊，埃阿斯将军。
尤利西斯	不必在这里耽搁了；阿喀琉斯这只雄赤鹿
	还躲在丛林里。请我们的元帅
	召集军事会议；
	新的国王们到特洛伊来了；明天
	我们一定要全力稳住阵脚。

1　米洛（Milo）：公元前六世纪著名的希腊运动员，以能用肩膀扛起一头公牛而闻名。

我们有埃阿斯这位大将——让各路骑士
来争取他们的荣光吧，埃阿斯至高无上。
阿伽门农　我们去开会。让阿喀琉斯睡觉吧：
虽然大船吃水深，怎比轻舟开得快。　　　　　　*众人下*

第 三 幕

第一场 / 第六景

特洛伊

幕内音乐起。潘达洛斯与一仆人上

潘达洛斯	喂,朋友!请问一句:你是不是跟随年轻的帕里斯王子?
仆人	是的,先生,他走前时我跟后。
潘达洛斯	我的意思是说,你是不是依靠他?
仆人	先生,我的确依靠我的主¹。
潘达洛斯	你依靠的是一位尊贵的人;我必须赞美他。
仆人	赞美归于主!
潘达洛斯	你认识我,还是不认识?
仆人	说实话,先生,看起来面熟。
潘达洛斯	朋友,再多熟悉我点:我是潘达洛斯大人。
仆人	我希望我能更熟悉您。²
潘达洛斯	我很愿意。
仆人	您蒙主的恩典?³

1 主(lord):指帕里斯,但又指神祇意思的主。对同一个词,两人各有所指,所以仆人和潘达洛斯两人的对话一直似是而非。

2 此句原文 know your honour better 有两层意思,一个是"更熟悉您",另一个是"愿您成为一个更好的人"。

3 仆人用 grace 有接受圣恩得救赎之意。但是潘达洛斯在回答时将其理解为"公爵(your grace)"之意。所以他说,不能称自己为公爵,只能称老爷大人之类。

潘达洛斯	典？殿下？[1] 不是的，朋友；你只能称呼我大人或老爷。这是什么音乐？
仆人	我只懂一点，先生，这是几种乐器合奏的音乐。
潘达洛斯	你认识那些奏乐的人吗？
仆人	全都认识，先生。
潘达洛斯	他们给谁演奏？
仆人	给爱听的人，先生。
潘达洛斯	为哪些爱听的人，朋友？
仆人	为我，先生，还有爱音乐的人。
潘达洛斯	朋友，我的意思是，谁命令。
仆人	我能命令谁呀，先生？
潘达洛斯	朋友，我们俩相互不能理解：我说话太文雅，你又太调皮。谁请这些人演奏的？
仆人	这话就实在了，先生。应我主人帕里斯的邀请，他就坐在那里；和他在一起的，就是那位人间的维纳斯、美的精髓、爱的无形的灵魂——
潘达洛斯	谁？我的侄女克瑞西达吗？
仆人	不，先生，是海伦；听了对她的赞美您还猜不出来吗？
潘达洛斯	伙计，看来你还没见过克瑞西达小姐。我奉特洛伊罗斯王子之命来见帕里斯，有话对他讲；我迫不及待要向他当面致敬，因为我的事急得滚烫。
仆人	又急又滚又淌汗。活似妓院里的话啊。

帕里斯与海伦及众侍从上

潘达洛斯	您好，我的殿下！所有的人，大家都好。愿美好的愿望优雅地引导他们，尤其是您，美丽的王妃！愿美好的思

---

1 "典？殿下"是为了表达出 grace 一词引出的歧义而做的汉语谐音翻译。——译者附注

	想做您美丽的枕头。
海伦	亲爱的先生，你满嘴都是中听话。
潘达洛斯	您过奖了，亲爱的王妃。好殿下，这几种乐器合奏的音乐真好听啊。
帕里斯	你把它中断的，兄弟；那么，你把它合起来吧；你要用你的表演让它合奏起来。内尔[1]，他唱歌很好听。
潘达洛斯	说实话，夫人，没有这回事。
海伦	啊，先生——
潘达洛斯	粗俗，真的，很粗俗，粗俗不堪。
帕里斯	说得好，大人！好，你开始总是这么说。
潘达洛斯	我有事要和殿下讲，亲爱的王妃。殿下，容许我跟您说句话吗？
海伦	不，您不能这样推托掉；我们一定要听您唱歌。
潘达洛斯	好吧，亲爱的王妃，您在取笑我。可是，真的，殿下，我亲爱的殿下，我最尊敬的朋友，您的弟弟特洛伊罗斯——
海伦	我的大人潘达洛斯，甜蜜的、亲密的大人——
潘达洛斯	别说了，亲爱的王妃[2]，别说了。——（对帕里斯）叫我向您致以最亲密的问候——
海伦	您不能赖掉给我们唱歌；如果这样，我们可要生气啦！
潘达洛斯	亲爱的王妃，亲爱的王妃；真真正正亲爱的王妃。
海伦	惹一位亲爱的夫人生气可是一件大大的罪过。
潘达洛斯	不，可不能这样说，不行，真不行，哈哈！我受不起这样的恭维话，不，不。对了，殿下，他想请您，晚餐的时

1　内尔（Nell）：海伦的昵称。

2　亲爱的王妃：原文 sweet queen 中的 queen，暗指谐音 quean，即"妓女"。

	候如果王上问起他，请您找借口替他推托。
海伦	我的潘达洛斯大人——
潘达洛斯	您说什么，我亲爱的王妃，至亲至爱的王妃？
帕里斯	他在忙什么要紧的事？他今晚在哪里吃饭？
海伦	不，可是，大人——
潘达洛斯	您说什么我亲爱的王妃？我兄弟要生你的气了。
海伦	（对帕里斯）你一定不知道他在哪里吃饭。
帕里斯	是和我的风流小姐[1]克瑞西达在一起吗？
潘达洛斯	不，不；没有这回事，您错得离谱。唉，您的风流小姐在生病。
帕里斯	好的，我替他找借口。
潘达洛斯	啊，好殿下。您为什么要提克瑞西达呢？不，您可怜的风流小姐生病了。
帕里斯	我看出来了。
潘达洛斯	您看出来了？您看出什么来了？——来吧，给我件乐器。（有人递给他乐器）——听着，亲爱的王妃。
海伦	啊，这样才好。
潘达洛斯	我的侄女痛苦地热恋着一件您拥有的东西[2]，亲爱的王妃。
海伦	那就给她，大人，只要不是我的丈夫帕里斯。
潘达洛斯	他？她不会要他；他俩是对头。
海伦	吵来吵去，进进又出出，俩对头变成仨了。[3]
潘达洛斯	来吧，来吧，我不想听这话。我现在给您唱一首歌吧。
海伦	啊，啊，那请您快唱。说实话，好大人，您的额头很漂

---

1 风流小姐：原文为 disposer，或指"有控制欲的人，对别人随意丢弃者"。
2 东西（thing）：暗指"阴茎"。
3 此句有性暗示之意，"进进又出出"暗示性动作；"变成仨"指两人生个孩子。

	亮。
潘达洛斯	啊，您开玩笑才这么讲。
海伦	请您唱个爱情的歌；这爱情会把我们都埋葬。噢，丘比特，丘比特，丘比特！
潘达洛斯	爱情？啊，它会把我们都埋葬，是这话。
帕里斯	啊，对了。"爱情，爱情，只要爱情"。
潘达洛斯	是的，这首歌就是这样开始的：

（唱）

爱情，爱情，只要爱情，还想要更多！

因为，啊，爱之矢

射雌雄；

不损害

其所伤，

只撩动心火，叫人痒得慌。

情人们高声喊：啊，噢！要死了！[1]

可那看似致命的伤，

瞬间把啊，噢！变成哈，哈，嘿！

那将死的爱情并未亡：

啊，噢！过后，却又哈，哈，哈！

啊，噢！呻吟过后，便是哈，哈，哈！——

嘿吼！

海伦	真是陷到爱里了，瞧他的鼻尖儿[2]都陷进去了。
帕里斯	我的爱，他除了鸽子[3]什么都不吃；它滋养情欲，情欲催

---

1 歌中的语气词暗示爱的呻吟声。

2 鼻尖儿（nose）在这里暗指"阴茎"。

3 鸽子（doves）的形象常与爱联系起来；爱神维纳斯的天车就是由鸽子所驾。

生热烈的想法，热烈的想法导致热烈的行为，热烈的行
为就是爱。

潘达洛斯　　爱情是这么产生的吗？情欲，热烈的念头，热烈的行
为？哎呀，那都是毒蛇[1]啊；爱情是毒蛇繁殖的吗？——
好殿下，今天谁上了战场？

帕里斯　　　赫克托耳、得伊福玻斯、赫勒诺斯和安忒诺耳，以及所
有的特洛伊英雄都去了；我本来要披挂上阵，可是我的
内尔不让去。我的兄弟特洛伊罗斯为什么没有去？

海伦　　　　他撅着嘴，好像有什么心事；潘达洛斯大人，您一定什
么都知道。

潘达洛斯　　不，蜜一样甜的王妃。我很想知道他们今天战况如
何。——您会记着替您的兄弟推托吧？

帕里斯　　　绝对记得。

潘达洛斯　　再见，亲爱的王妃。

海伦　　　　替我问候您的侄女。

潘达洛斯　　是，亲爱的王妃。　　　　　　　　　　　　　　　下

收兵号

帕里斯　　　他们从战场上回来了；让我们到普里阿摩宫
迎接这些武士吧。亲爱的海伦，我必须恳请你
帮助赫克托耳解下甲胄；他坚固的甲扣，
连刀剑的利刃和希腊人强壮的膂力都无可奈何，
可你洁白诱人的玉指的拂触
就能让它轻易卸下。你的力量
胜过希腊诸岛所有的国王：解除伟大的赫克托耳的武装。

海伦　　　　做他的仆人是我莫大的荣幸，帕里斯。

1　毒蛇（viper）：俗语中有"恶毒的后代"之含义。

啊，能够为他服务

会带给我更大的光荣，

啊，这比我自己的美貌更值得夸耀。

帕里斯　　　亲爱的，我爱你爱得不可思议。　　　　　　*同下*

第二场　　/　　第七景

潘达洛斯与特洛伊罗斯的男仆上

潘达洛斯　　怎么样？你的主人呢？在我侄女克瑞西达那里吗？

男仆　　　　不，先生；他等您带他去呢。

特洛伊罗斯上

潘达洛斯　　啊，他来了。——怎么样，怎么样？

特洛伊罗斯　喂，你走开吧。　　　　　　　　*特洛伊罗斯的男仆下*

潘达洛斯　　您见过我侄女了？

特洛伊罗斯　没有，潘达洛斯：我在她的门口徘徊，

像一个游魂站在冥河岸边

等待渡船的接引。啊！你来做我的船夫卡戎[1]吧，

把我迅速摆渡到对岸的乐土，

让我在为得救者预备的百合花丛[2]中

翻腾滚动！噢，亲爱的潘达洛斯，

1　卡戎（Charon）：希腊神话中渡亡魂过冥河的船夫。
2　百合花丛（lily-beds）：暗指发生性关系的床或者阴道。

　　　　　　　快从丘比特的肩头拔下他的彩翼，

　　　　　　　陪我飞到克瑞西达身边去！

潘达洛斯　　您在花园里散散步，我即刻带她来这里。　　潘达洛斯下

特洛伊罗斯　我头晕；忐忑的期望带得我团团转。

　　　　　　　想象中的美味如此甜蜜，

　　　　　　　它陶醉了我的感官；当我生津的唇齿

　　　　　　　真正品尝到了经过三度提炼的爱的琼浆[1]

　　　　　　　那会怎样？我怕我会死去[2]，

　　　　　　　会昏厥不醒，我怕那快乐太娇柔，

　　　　　　　太微妙太有力，又调和在太甘洌的甜蜜里，

　　　　　　　我很害怕，我粗鲁的感官难以承受；

　　　　　　　我更害怕，在欢乐中

　　　　　　　失却辨别的能力，

　　　　　　　就像在战斗中，大举进攻时

　　　　　　　望风而逃的兵士。

潘达洛斯上

潘达洛斯　　她正在准备，马上就来。您可要机灵点；她紧张得脸红扑
　　　　　　　扑的，气喘吁吁，好像被小鬼吓得丢了魂儿。我去接她。
　　　　　　　她可真可爱；娇喘连连，像只刚被逮住的小麻雀。

　　　　　　　　　　　　　　　　　　　　　　　　　　　潘达洛斯下

特洛伊罗斯　这样的激情也包围着我的胸膛；

　　　　　　　我的心跳快过发热病人的脉搏，

　　　　　　　我所有的感官都失去了作用，

　　　　　　　好像仆从无意中触到了主人

1　琼浆（nectar）：暗指爱液。
2　死去（death）：暗指性高潮。

威严的目光。

潘达洛斯与戴面纱的克瑞西达上

潘达洛斯　来吧，来吧，你为什么要脸红呢？害羞是孩子气。她已经在这里了；把您对我说过的誓言当着她的面说吧。——怎么，你又跑啦？在你被驯服之前必须要有人看着不准你睡觉吗？过来吧，过来吧，再往后退，我们就把你套到车辕里。——为什么您不对她说话？来吧，拉开这面纱，让我们看看你的如画容颜。哎呀，你们真是不愿意得罪白昼啊！要是晚上，恐怕很快就抱上了。好，好，直接上，吻你的新娘。怎么样，一吻定终身，就地起洞房？在这里盖房吧，木匠，这里的空气真甜蜜。啊，趁我还没有把你们分开，两颗心好好交战吧。雌鹰雄鹰一样棒，拿什么打赌我敢这样讲。上啊，上。[1]

特洛伊罗斯　你让我一句话都说不出来，小姐。

潘达洛斯　说话还不了相思债，做出动作来。不过如果她挑你动起来，你不动恐怕也不行。什么！又吻上了？这真是"见证双方配对儿结同心。"快进来，进来；我去拿火把。　下

克瑞西达　您要进去吗，殿下？

特洛伊罗斯　啊，克瑞西达，这一刻我盼了多久才如愿！

克瑞西达　盼望，殿下！但愿天神准许——啊，殿下！

特洛伊罗斯　但愿天神准许什么？为什么突然停下来？我心爱的小姐在我们爱的甘泉中发现了什么令人忧心的杂质吗？

克瑞西达　如果我的恐惧有眼睛，那我看到的杂质比水多。

特洛伊罗斯　恐惧能把天使变成魔鬼，永远看不到真相。

克瑞西达　由明眼理性引导的盲目恐惧，比盲目理性毫无恐惧的跌跌

1　这一段（包括潘达洛斯下一段的对话）有很多性暗示的语言，勉力译出。——译者附注

	撞撞，更容易找到安全的避风港。对最大的不幸心怀恐惧，通常能把较小的不幸治愈。
特洛伊罗斯	啊，不要让我的爱人心怀恐惧；在丘比特所有的戏里，都没有怪物出场。
克瑞西达	也没有任何怪异之事吗？
特洛伊罗斯	没有，除了我们自己做的事，比如我们发誓要泪流汪洋，舍身烈焰，吞岩石，驯猛虎；以为恋人很难想象尚有何事我们难做到。此乃恋爱中之怪异处。小姐，欲念不尽，实现起来受羁绊；愿望无边，行动难免受局限。
克瑞西达	据说所有的情人发誓要做的事，总是力不能及，可他们总保留着永远不实行的能力；发誓要做十多件事，实际做到的还不及一件事十分之一。那些家伙声音像狮子，行动却像兔子，不是怪物是什么？
特洛伊罗斯	有此等人吗？我非如此。考验之后再称赞我，证明之后再评价我，未赢得桂冠之前，我宁愿光着头顶。[1] 将来的成就无需现在表扬；未做之事决不能提；待到做成，亦要低调谦虚。寥寥数语表真意。特洛伊罗斯对克瑞西达的爱当如是：最恶毒的嫉妒只能嘲笑他的真心，真理之最真的言语亦难比特洛伊罗斯的爱更真。
克瑞西达	您要进来吗，殿下？
潘达洛斯上	
潘达洛斯	怎么，脸还在红？你们还没谈完？
克瑞西达	啊，叔叔，要是我做了什么荒唐事，我都怨您。
潘达洛斯	我为此多谢你。如果你给殿下生个孩子就抱给我。你对

1　此句有多处性暗示。"考验（tasted）"暗指从性上考验；"证明（prove）"指从性行为上证明；"头（head）"暗指龟头，赢得了阴道给予的"桂冠"。

	殿下要忠心；如果他变心，你尽管骂我。
特洛伊罗斯	你现在知道了，你叔叔的话和我坚定不移的忠诚就是你的保证。
潘达洛斯	啊，我也替她作保证：我们家的人虽然不容易答应别人的求爱，一旦定情必钟情。可以这么说，就像芒刺一样，碰到身上就甩不掉。
克瑞西达	我现在有了勇气，终于敢吐露心迹。 特洛伊罗斯王子，我朝思暮想， 苦苦爱恋您好几个月了。
特洛伊罗斯	那么，我的克瑞西达为什么如此难以征服呢？
克瑞西达	看似难以征服；可是，殿下， 自从您看我第一眼，我已被征服——请原谅—— 如果承认得太多，您会蛮横地主宰我。 我现在爱您，但是不，直到现在，我强烈的爱 我还能控制；说实话，我在撒谎： 我的思想像任性的孩子， 倔强得母亲根本管不住。瞧，我们真是傻瓜！ 为什么我要絮絮叨叨？如果我们不能替自己守住秘密， 谁会对我们忠实？ 虽然我这样爱您，我却没有向您表白， 不过啊，说实话，我多么希望我是男子， 或者我们女人也有男子先开口求爱的权利。 亲爱的，快叫我止住我的舌头， 因为在这样得意忘形的时刻，我一定会说出 让我后悔的话。瞧啊，瞧，您沉默不语， 在狡猾地装聋作哑，从我的弱点中， 诱我吐出内心的秘密。快堵住我的嘴巴。

特洛伊罗斯	我愿意，虽然有甜蜜的音乐正从你的嘴里淌出来。（亲吻她）
潘达洛斯	好，实在是好。
克瑞西达	殿下，恳请您原谅我：
	求您吻我，并非我的本意。
	我很害羞。啊，天哪！我做了什么呀？
	现在我要告辞了，殿下。
特洛伊罗斯	你要告辞，亲爱的克瑞西达？
潘达洛斯	告辞？如果你告辞告到明天早上去——
克瑞西达	请您别说了。
特洛伊罗斯	什么事让你不高兴了，小姐？
克瑞西达	殿下，我讨厌我自己。
特洛伊罗斯	可你躲不掉自己呀。
克瑞西达	让我去试试：
	我有一个自己和您厮守在一起，
	可那是一个不合情理的自己，宁愿离去
	受另一个的愚弄。我的智慧去哪儿了？
	我要走了；我不知道我在说什么。
特洛伊罗斯	说话这么聪明的人知道自己在说什么。
克瑞西达	殿下，或许您认为我表现的聪明比爱情多，
	这么坦率大胆地承认
	是为了探试您的想法：可您是聪明人，
	或许您并不是在恋爱，因为智慧和恋爱
	凡人不可同时有，唯有天神能兼得。
特洛伊罗斯	啊，但愿我相信有一个女人能够——
	如果可能，我就假想你能够——
	永远点亮她爱情的灯盏与火焰，
	保持她健康和青春时的忠贞

不随美貌的消失而改变，她的心灵
不随年龄的衰退而更换！
只要能够说服我相信
我对你的真诚和忠心
能换来同样匹配同等分量的
毫无瑕疵的纯洁的爱，
我的心将多么振奋而上扬！可是，哎呀，
我的真诚如真理般质朴，
比真理赤子还单纯。

克瑞西达　在这一点上我要和您竞赛。

特洛伊罗斯　啊，美德之战，
当正义和正义竞赛，看看谁是最正义的战士！
世上相爱的情人将以特洛伊罗斯为榜样，
证明他们的真心：当他们写满
爱的宣言、誓约和比喻夸张的情诗，
缺乏新的比喻；厌倦了陈陈相因的修辞
比如坚贞如钢铁，钟情如草木之于月亮，
太阳之于白昼，斑鸠之于她的配偶，
像钢铁之于磁石，似地球之于地心，
所有表露真情的比喻用尽之后，
当他们需要引用最权威的例证表达真情时，
加上一句"像特洛伊罗斯一样真心"，
则会画龙点睛，绝冠诗篇，
使诗行神圣庄严。

克瑞西达　愿您预言成真！
如果我变心，或有一丝一毫的不忠，
那么当时间老去，老至忘记了自己，

当水滴石穿，腐烂了特洛伊的岩石，
当盲目的遗忘吞噬了城市，
强大的国家遗迹全无
化作了一片尘土，那时候
如果细数女人的不贞，
就让我的不贞继续留在人们的记忆！当他们说起"虚假得
像空气、像流水、像轻风、如沙土，
像狐狸对羔羊、豺狼对于牛犊，
猎豹对于母鹿，继母对于前妻的儿子"，
"唉"，如果再举出一个最击中要害的虚假的例子，
就让他们说，"虚假得像克瑞西达。"

潘达洛斯 好了，讨价还价结束，去把章盖了吧，盖了吧[1]。我来做证
人。一边握着您的手，一边拉着我侄女。如果你们俩有
谁变了心，既然是我费力使劲把你们撮合在一起，就让
所有可怜的媒人们都喊我的名字吧，直到地老天荒：把
所有的媒人都叫潘达，把所有忠心的男人都叫特洛伊罗
斯，所有不贞的女人都叫克瑞西达，所有的媒人都叫潘
达[2]！说"阿门。"

特洛伊罗斯 阿门。

克瑞西达 阿门。

潘达洛斯 阿门。现在我要把你们领到一个有床的房间去，因为床
不会泄露你们幽会的秘密，所以就拼命挤它、压它吧。
走啊！

---

1 "盖了吧"的原文 seal it 暗示"发生性关系"。
2 潘达（pander）：英语中，pander 有"保媒拉纤儿，拉皮条"的意思。"潘达"是其音译，是"潘
达洛斯（Pandarus）"的缩略语。——译者附注

丘比特关照所有嘴巴严的年轻女士，
提供床、卧室和潘达以成其美事！　　　　　　　众人下

第三场　/　第八景

希腊营地
尤利西斯、狄俄墨得斯、涅斯托耳、阿伽门农、墨涅拉俄斯与卡尔卡斯上，喇
叭奏花腔

卡尔卡斯　　各位君王，为了我给你们所做之事，
　　　　　　现在适逢良机，允许我向你们
　　　　　　要求报偿。请诸位君王想一想，
　　　　　　我因为能够审时度势，
　　　　　　而背弃了特洛伊，丢下我的财产，
　　　　　　顶着叛徒的罪名，牺牲了
　　　　　　安稳现成的享受，
　　　　　　投身于不可知的命运中；抛开了
　　　　　　我熟悉和习惯的
　　　　　　时间、亲人、习俗、社会地位和环境，
　　　　　　来到这满眼生疏、举目无亲的地方
　　　　　　为你们效力卖命。
　　　　　　你们曾经答应过我许多好处，
　　　　　　而且你们说，不久将兑现给我；
　　　　　　我请求你们，现在给我一点恩惠

让我尝尝滋味。

阿伽门农　你向我们要求什么，特洛伊人？说吧。

卡尔卡斯　你们昨天捉到一个特洛伊战俘

名叫安忒诺耳。特洛伊人对他很重视。

你们时常——因此我也时常感激你们——

希望在重要战俘的交换中，把我女儿克瑞西达换回来，

而特洛伊人总是拒绝。但是我知道，

这个安忒诺耳是一位重要人物，

没有他的处理，他们的许多事务

都要停顿下来。为了换回他，

他们几乎愿意给我们一位普里阿摩的嫡出王子。

让他回去吧，诸位伟大的君王，

他能换来我的女儿，她的到来

将抵消我心甘情愿、千辛万苦给你们做事

所应得的全部酬劳。

阿伽门农　让狄俄墨得斯把他送去，

把克瑞西达带到我们这里：卡尔卡斯的要求

可以得到满足。好狄俄墨得斯，

你去准备好这次交换。

另外带个信，问问赫克托耳明天

是否前来挑战：埃阿斯已经准备就绪。

狄俄墨得斯　我乐意从命，担负这项使命

是莫大的光荣。　　　　　　　*狄俄墨得斯与卡尔卡斯下*

阿喀琉斯与帕特洛克罗斯从帐篷里上

尤利西斯　阿喀琉斯正站在他帐篷的入口；

请元帅走过他身边时不要理会，

好像他已被忘记，诸位君王，

> 　　对他的态度要冷淡；
> 　　我走在最后。他很可能会问我，
> 　　为什么大家投向他的目光如此冷漠。
> 　　果真这样，我就借题发挥，
> 　　以你们的冷漠和他的骄傲大做文章，
> 　　他一定听得进去。
> 　　这一招会见效：骄傲的人只有以别人的骄傲为镜子，
> 　　才能看清自己；因为卑躬屈膝
> 　　只能助长傲慢，成为骄傲者期待的酬报。

阿伽门农　我要依你的计策而行，待我经过时
　　　　　给他摆出一副冷漠面孔；
　　　　　每位将军都要如此，或者不要理他，
　　　　　或者理他也要态度傲慢，那比完全不理他
　　　　　更使他难堪。我走在前头。

阿喀琉斯　怎么，元帅又要过来和我说话吗？
　　　　　你知道我的意思：我不想再和特洛伊人交战。

阿伽门农　阿喀琉斯说什么？他有话对我说吗？

涅斯托耳　将军，您有话要对元帅说吗？

阿喀琉斯　没有。

涅斯托耳　没话说，元帅。

阿伽门农　再好不过。　　　　　　　　　阿伽门农与涅斯托耳下

阿喀琉斯　（对墨涅拉俄斯）早上好，早上好。

墨涅拉俄斯　你好，你好。　　　　　　　　　　　　　　　下

阿喀琉斯　什么，这个王八蛋也瞧不起我？

埃阿斯　怎么样，帕特洛克罗斯？

阿喀琉斯　早上好，埃阿斯。

埃阿斯　啊？

阿喀琉斯	早上好。
埃阿斯	哦，明天也好。　　　　　　　　　　　　　　下
阿喀琉斯	这些家伙是什么意思？他们不认识我阿喀琉斯了吗？
帕特洛克罗斯	他们若无其事地走了过去；他们从前
	在阿喀琉斯面前总是弯腰鞠躬笑脸迎，
	恭而敬之，
	如拜神明。
阿喀琉斯	怎么，我最近不重要了吗？
	当然，大人物一旦遭命运嫌弃，
	世人一定嫌弃他；失意者
	一感到失意，立刻能从别人眼神里
	看到自己失意的样子。因为世人就像蝴蝶，
	只会对着夏天展开它们的粉翅。
	人之为人极简单，本身并无荣耀感，
	只因为得到身外的荣誉才荣耀，
	如地位、名声和财富，
	乃为命运与美德所惠赐；
	获得荣誉者犹如立于光滑的冰面，
	一旦失意，人们对他的敬意亦会随之消失。
	荣誉和敬意相互连带，
	一损俱损，一亡俱亡。但是我还没到这一步；
	命运和我还是好朋友；我还充分享受着
	我曾经拥有的一切，
	除了这些人的态度有了改变。我想，他们一定是发现了
	我的什么短处，
	对我才不像以前那么敬重。尤利西斯来了，
	我要打断他的朗诵。——尤利西斯，你好吗？

尤利西斯	好，伟大的忒提斯女神的儿子[1]！
阿喀琉斯	你在读什么？
尤利西斯	一个不认识的人这么写给我：
	一个人无论天赋如何优，
	内心或外表何其美，
	都不能吹嘘其所有
	亦不可觉得其所异，除非通过反射，
	当其美德惠及别人，
	如热力照射，别人再把热力返回到
	发出最初热力的他自己。
阿喀琉斯	这没什么奇怪，尤利西斯。
	自己与生俱来的容颜之美，自己
	肯定看不到，但是赞扬自己[2]
	不是要眼光投出去，而是要眼睛
	和别人的眼睛相遇，通过别人的眼睛看自己。
	因为视力不能反观自身
	除非审视内心，以己为镜
	方能见自己。这道理一点也不稀奇。
尤利西斯	我并不觉得它道理难懂——
	它很平常——但我不懂作者之立意，
	他迂回婉转地证明
	谁也不能拥有一切——

1　忒提斯女神的儿子（Thetis' son）：指阿喀琉斯。——译者附注
2　四开本有而对开本没有的两行：
　　　　是通过别人的眼睛：眼睛自身——
　　　　那最精美的感官——看不到自己。

虽然一个人有很多优良品质——
除非他能够把他的品质传达给别人，
他并不能知道那些品质的价值；
除非他表达出来，在别人的掌声里
他才体会得到。他要像一个圆形的穹顶，
能把声音往回传；又像迎着太阳的
一扇钢门，能够接受并反射回去
太阳投射的形状和热量。我对此陷入深思，
立刻联想到
无人赏识的埃阿斯。
天哪！那是何等的人才！一匹多么出色的骏马，
他自己都没有意识到。天哪，天下真有
这样被人轻视却价值不菲的珍宝！
却也有并无价值的东西
反倒受世人称道！明天我们就可以看到——
上天赐予他的机会——
埃阿斯将一战成名！啊，天哪！有些人真是努力，
有些人却主动放弃！
有些人会悄悄爬进喜怒无常的命运女神的圣殿，
有些人却在她眼前像小丑一样丢人现眼！
一个人正侵蚀着另一个人骄傲的荣誉，
而那个骄傲的人却因为自己的固执而在绝食！
看看这些希腊将军！啊，他们已经
拍着粗苯的埃阿斯的肩膀把他夸奖，
好像他的脚已经踏上了英勇的赫克托耳的胸膛，
伟大的特洛伊正濒于灭亡。

阿喀琉斯　我相信你的话，因为他们刚才从我身边走过

就像守财奴走过乞丐，既没给我句好话，
也没有好脸色。怎么！我的功劳难道都已被忘掉？

尤利西斯　将军，时间肩上背着个大口袋，
里面装满了被遗忘的功绩，
它是一个忘恩负义的大怪物：
那些碎片都是过去的伟业，
一完成就被吞噬，
刚做完便被忘记。亲爱的将军，
继续向前才能保持荣誉常新；所谓功成名就
必然会过时陈旧，就像一副生锈的盔甲，
只配做被人嘲笑的纪念品。要抓住眼前的路，
因为荣誉之路极其狭窄
只容一人通过。要继续走在这条路上，
因为雄心勃勃的竞争者众多，
一个紧追一个；如果你稍事退让，
或在那条狭直的路上躲闪一旁，
他们就会像呼啸的潮水般直冲而过
把你甩在最后方。
或像一匹冲锋陷阵的骏马，
跌倒在地，只得为那些驽马垫脚，
让它们践踏而过；他们现在做的事
虽然比不上你的过去，却一定会超过你。
因为时间像一个趋炎附势的主人，
和要告别的客人只是轻触手掌，
对新来者却飞奔向前，
张开双臂紧紧拥抱。欢迎时总是面带笑意，
告别却只有一声叹息。啊，不要让美德

向过去索取报酬。

因为美貌，智慧，

门第，膂力，战功，

爱情，友谊，慈善，都会受到

时间的嫉妒和中伤。

全人类有一个共同的天性：

都会异口同声地赞美新出炉的时髦玩意儿，

虽然这些都烧制锻造自过去的旧物件；

他们对蒙了尘土的真金视而不见，

反倒对涂了金光的尘土给予更多礼赞。

世人的眼睛只赞美眼前的事物。

所以不用奇怪，你这伟大的、完美的人啊，

现在全希腊都开始崇拜埃阿斯；

因为活动的东西比停滞不动的东西

更容易引人注目。过去口口相传的都是你，

现在也许还谈论你，将来也可能把你提及，

如果你不愿把自己这么活活埋葬，

不愿仅仅把你的威名收藏在你的营帐；

你近来在战场上的赫赫武功，

引得许多天神都下界参与竞争，

连伟大的战神玛尔斯也要选择站在交战一方。

阿喀琉斯　　我之深居简出，

却有充分的理由。

尤利西斯　　但是，反对你深居简出，

却有更充分、更强烈的理由：

大家都知道，阿喀琉斯恋爱了，

爱上了普里阿摩的一个女儿。

阿喀琉斯	啊？大家都知道了？
尤利西斯	这有什么奇怪？

深谋远虑的旁观者
几乎知道冥府之神[1] 宝藏里每一粒金子的分量，
还能探到深不可测的海底，
与思想相处，几乎像天神一样，
使尚在孕育中的念头揭开面纱。
我们国家有一个秘密——其关系
从来没有讨论过——其性质
较之语言或文字所能表达的
都更加神圣而隐秘；
将军，你和特洛伊的所有往来，
我们知道得和你一样清晰。
阿喀琉斯征服波吕克塞娜[2] 固然可喜，
可把赫克托耳打倒才更显英雄气。
不过现在你的小皮洛斯[3] 只能在家里伤心，
如果他听到光荣的号角在希腊诸岛响起，
所有的希腊女子[4] 将舞蹈咏唱：
"伟大的赫克托耳的妹妹赢得了阿喀琉斯，
但是勇敢地将赫克托耳击倒的是我们伟大的埃阿斯。"
再见，将军：我说这话是为了你好；
傻瓜都能滑过冰面，你可别把它一脚踹碎。

下

---

1 冥府之神：原文 Pluto（普路同），是希腊神话中冥界的统治者，非常富有。
2 波吕克塞娜（Polyxena）：阿喀琉斯的恋人、特洛伊国王普里阿摩的女儿。
3 小皮洛斯（young Pyrrhus）：阿喀琉斯的儿子。
4 希腊女子（Greekish girls）：有"水性杨花的女子，荡妇"之含义。

帕特洛克罗斯	阿喀琉斯，我也这样劝过你： 一个像男人一样粗鲁放肆的女人 也不比一个需要行动时却优柔寡断的 男人更为讨厌。我为此饱受责难： 他们认为我对战争没什么兴趣， 你对我的亲密友谊才使你这样萎靡； 亲爱的，振作起来吧，柔弱轻佻的丘比特 会放松他套在你脖子上多情的拥抱， 就像雄狮鬃上的露珠一样 会在空气中被抛洒掉。
阿喀琉斯	埃阿斯要去和赫克托耳交战？
帕特洛克罗斯	是的，也许能从他身上获得极大的荣誉。
阿喀琉斯	我知道我的声誉遭到了威胁， 我的威名受到了重创。
帕特洛克罗斯	啊，那么，您要小心： 自己加在身上的伤口最难愈合， 忽略了该做之事 等于随意将自己置于无可预知的危险境地； 这种危险，就像疟疾， 即使我们闲坐太阳下也会悄然来袭。
阿喀琉斯	去叫忒耳西忒斯到这里来，亲爱的帕特洛克罗斯： 我要派这个傻瓜去见埃阿斯，请他 在决斗之后邀请特洛伊诸将 到我们这里便服相见。我有一个愿望， 像怀孕的女人一样想吃东西又觉恶心， 想看看伟大的赫克托耳身着便服何等模样，

忒耳西忒斯上

和他交谈，打量他的形象，

把他看个一清二楚。（看见忒耳西忒斯）——他来得正好！

忒耳西忒斯	怪事！
阿喀琉斯	什么？
忒耳西忒斯	埃阿斯在战场上走来走去，向他自己致意。
阿喀琉斯	怎么回事？
忒耳西忒斯	他明天要单枪匹马迎战赫克托耳，预想到会有一场英勇的厮杀，所以才这么骄傲，说一堆前言不搭后语的废话。
阿喀琉斯	他怎么会这样？
忒耳西忒斯	啊，他昂首阔步走来又走去，像只骄傲的孔雀，一步一停歇；又像个不懂算术只靠脑筋算账的女店主那样埋头账目反复掂量；咬紧嘴唇故作深谋远虑状，似在讲"这一脑袋的神机妙算，随时可得施展"；神机妙算倒是有，可是躺在那里冷冰冰，犹如火在火石里，不敲不打绝对不出来。这家伙彻底完蛋了；要是赫克托耳没有在决斗中拧断他的脖子，他这样摇头晃脑也会自己把脖子摇断。他不认识我了，我对他说："早上好，埃阿斯"；他回答说："谢谢你，阿伽门农。"你们说这是个什么人？竟然把我当元帅！他已经活脱脱成了一条旱地鱼，无言语，十足一个大怪物。荣誉是瘟疫！两面都能穿，像件皮夹克。
阿喀琉斯	你必须作为我的使者去见他，忒耳西忒斯。
忒耳西忒斯	谁，我？唉，他谁都不搭理。谁说话他都不应声：乞丐话才多，他用武器来回答。我来模仿他的样子；让帕特洛克罗斯来向我发问，你瞧瞧埃阿斯的神气。
阿喀琉斯	问他，帕特洛克罗斯；告诉他我谦卑地希望：勇敢的埃阿斯能够邀请最无畏的赫克托耳不带武器来到我的营帐，并从慷慨大度、声誉隆盛、屡享尊荣的希腊全军统帅阿

伽门农那里获准他安全通行的保障，如此等等。照这么说。

帕特洛克罗斯	愿乔武主神保佑伟大的埃阿斯！
忒耳西忒斯	哼！
帕特洛克罗斯	我奉尊贵的阿喀琉斯之命而来——
忒耳西忒斯	哈！
帕特洛克罗斯	他十分谦卑地请求您邀请赫克托耳到他的营帐——
忒耳西忒斯	啊！
帕特洛克罗斯	并从阿伽门农那里获得了安全通行的保障。
忒耳西忒斯	阿伽门农？
帕特洛克罗斯	是，将军。
忒耳西忒斯	啊？
帕特洛克罗斯	请问您意下如何？
忒耳西忒斯	上帝与你同在，最诚挚的致意。
帕特洛克罗斯	您的回复呢，将军？
忒耳西忒斯	如果明天天气好，十一点钟见分晓：无论如何，在他打败我之前总得挨我几下。
帕特洛克罗斯	您的回复呢，将军？
忒耳西忒斯	再见，最诚挚的致意。
阿喀琉斯	啊，他不会就是这么一副腔调吧？
忒耳西忒斯	不，但他就是这么不着调。等赫克托耳敲开他的脑袋之后，他什么腔调，我可就不知道了，不过，我敢说他声息灭绝，除非伟大的提琴之王阿波罗把他的筋抽出来做琴弦。
阿喀琉斯	来，你马上给他送封信。
忒耳西忒斯	让我给他的马也捎封信吧；因为他的马都比他强。
阿喀琉斯	我的心乱了，像一泓被搅混的泉水，

连我自己也看不清楚它的底。

阿喀琉斯与帕特洛克罗斯下

忒耳西忒斯　愿你心底的泉水重新清澈，我好在那里饮驴！我宁愿做一只羊身上的虱子，也不愿意做这种没头脑的勇士。　　　　　下

第四幕

第一场 / 第九景

特洛伊城

埃涅阿斯执火把从一门上，帕里斯、得伊福玻斯、安忒诺耳、希腊人狄俄墨得斯执火把从另一门上

帕里斯　　　　看，嘿！那是谁？

得伊福玻斯　　是埃涅阿斯将军。

埃涅阿斯　　　那是王子本人吗？

　　　　　　　　如果我有您这么好的机会多睡一会儿，

　　　　　　　　帕里斯王子，即使有天大的事，

　　　　　　　　也不能拉我离开床上的伴侣。

狄俄墨得斯　　我也这么想。早上好，埃涅阿斯将军。

帕里斯　　　　这是位勇敢的希腊人，埃涅阿斯；握握他的手。

　　　　　　　　仔细掂量他，你说过，

　　　　　　　　狄俄墨得斯和你在战场上纠缠争斗

　　　　　　　　有整整一星期。

埃涅阿斯　　　勇敢的将军，现在是休战谈判期，

　　　　　　　　我祝您健康；

　　　　　　　　一旦我们兵戎相见，

　　　　　　　　我对您只有不共戴天的蔑视和敌意。

狄俄墨得斯　　对您的敌意和友谊，狄俄墨得斯都张开双臂。

　　　　　　　　现在我们心平气和，我也祝您身康体健！

　　　　　　　　只待角逐战场机会现，

天神在上，我一定尽全力、猛追赶、用心机

把您的性命来猎取。

埃涅阿斯　您要猎取的是头雄狮，

将迎面冲向他的仇敌。现在，我以善意的温情

欢迎您来到特洛伊。以安喀塞斯[1]的生命起誓，

真诚地欢迎您！凭着维纳斯[2]的玉手发誓，

没人像我这样真切地爱着

他一心想杀死的人。

狄俄墨得斯　我与您感同身受。乔武天神啊——

如果我的宝剑不能享有杀死埃涅阿斯的光荣——

但愿他活上整整一千年！

可是，为了我雄心勃勃的荣誉感，让他死吧，

每处关节都带伤，而且就死在明天！

埃涅阿斯　我们真是知己相逢。

狄俄墨得斯　我们确是英雄所见，而且渴望彼此不留情面。

帕里斯　这饱含敌意的热烈欢迎，

充满仇恨的高贵友情，我真是前所未闻。

将军，你因何事起这么早？

埃涅阿斯　国王派人召唤我，可我不知道为什么。

帕里斯　他的理由在眼前：要你带这位希腊人

去卡尔卡斯家，在那里，为了交换

未获释的安忒诺耳，把美丽的克瑞西达交给他。

你和我们一同去，或者说，如果你愿意，

就提前赶到那里去。——

1　安喀塞斯（Anchises）：是埃涅阿斯的父亲。

2　维纳斯（Venus）：这位女神是埃涅阿斯的母亲。

（旁白。对埃涅阿斯）我总觉得——
或者也可以说我确信——
我兄弟特洛伊罗斯今晚住在了那里：
叫醒他，告诉他我们要来的消息，
以及事情的前因后果。我恐怕
我们这趟去很不受欢迎。

埃涅阿斯 那是肯定的；
特洛伊罗斯宁愿特洛伊被希腊人掠去，
也不愿意克瑞西达被带离。

帕里斯 这也没有办法；
时势所迫，
只得如此。去吧，将军，我们随后就到。

埃涅阿斯 再见，诸位。 埃涅阿斯下

帕里斯 尊贵的狄俄墨得斯，请告诉我，
要像交心的好朋友一样对我说实话，
以你看来，我和墨涅拉俄斯
哪个和美丽的海伦更般配？

狄俄墨得斯 两人不相上下：
他很配得上拥有她，不嫌弃她身体被玷污，
不顾尸横遍地百姓苦
一心想要追回她。
你也配留住她，不顾忌她名分受辱
宁愿财富损失惨重朋友牺牲
也要拼命保护她。
他像个哭啼的王八，甘心情愿
喝下别人痛饮后剩余的酒糟残渣；
你似那好色之徒，情愿甘心

借那娼妓皮囊生育你的后世子孙。
两位势均力敌，每人的重量差不了多少，
二人旗鼓相当，都为这婊子斗气断肠比心伤。

帕里斯 你对你国家的女人太恶毒了。

狄俄墨得斯 她对她的国家太恶毒了。听我说，帕里斯：
为了她淫荡的血管里的每一滴负心的血
都有一个希腊人牺牲；为了她被玷污的
腐烂尸体上的每一寸皮肉，
都有一个特洛伊人丧命。自从她会说话的那一刻，
从她嘴里说出的多少句好话
都比不过为她而死的希腊人和特洛伊人的性命多。

帕里斯 好一个狄俄墨得斯，你行事像做生意，
故意贬损你想买的东西；
我们却愿意以沉默保持这美德，
不把我们要卖的货自夸。
请往这边走。 同下

第二场 / 第十景

特洛伊罗斯与克瑞西达上

特洛伊罗斯 亲爱的，别出来了；清晨很冷。

克瑞西达 那么，亲爱的殿下，我去叫我叔叔下来；
让他把门打开。

特洛伊罗斯	别麻烦他。
	去睡吧，去睡吧；睡眠会合上你那双漂亮的眼，
	让你浑身软绵绵
	像婴儿一样无挂念！
克瑞西达	那么，再会吧。
特洛伊罗斯	请你快点去睡吧。
克瑞西达	你厌倦我了吗？
特洛伊罗斯	噢，克瑞西达！若不是匆忙的白昼
	被云雀叫醒，惊起了那恼人的乌鸦；
	若不是酣眠的黑夜再也遮掩不住我们的欢乐，
	我决不愿意离开你。
克瑞西达	夜太短了。
特洛伊罗斯	可恶的妖婆！和恶毒的人在一起，
	她像地狱的长夜一样缠着不走；从情人的拥抱中逃离，
	却驾着比思想还快的翅膀飞逝而去。
	你会着凉的，又该怨我了。
克瑞西达	求你了，再留一会儿吧；你们男人总是不肯多留片刻。
	噢，好傻的克瑞西达！我也许该一直拒绝，
	那样你就会留下了。听，有人起来了。
潘达洛斯	（幕内）门怎么都打开了？
特洛伊罗斯	是你叔叔。

潘达洛斯上

克瑞西达	他真讨厌！现在他该取笑我了：
	我好难为情！
潘达洛斯	怎么样，怎么样？处女身现在价几许？

	喂，你这位处女！我侄女克瑞西达在哪里？[1]
克瑞西达	你真该死，爱取笑人的坏叔叔！
	你叫我干下了这 ----[2] 反过来却又嘲笑我。
潘达洛斯	干下了什么？干下了什么？让她说说：我叫你干下了什么？
克瑞西达	好了，好了，你的心眼太坏了！你永远做不出好事来，也让别人不安分。
潘达洛斯	哈，哈！哎呀，可怜的丫头！啊，可怜的小东西[3]！昨天晚上整夜都没睡吧？他——这个坏家伙——让它睡吗？但愿妖精抓了他！（有人敲门）
克瑞西达	我不是对您说了吗？愿他头上也挨敲！谁在敲门？好叔叔，过去看看。——殿下，再到我房间里来吧。您在微笑，在嘲笑我，好像我不怀好意。
特洛伊罗斯	哈，哈！
克瑞西达	来吧，你想错了，我没有动那种念头。（有人敲门）他们敲门好急呀！求您进来吧。无论如何我不愿意有人在这里看见您。

特洛伊罗斯与克瑞西达下

潘达洛斯	是谁呀？什么事？你要把门敲破吗？怎么了，什么事？
埃涅阿斯上	
埃涅阿斯	早上好，大人，早上好。
潘达洛斯	是谁呀？埃涅阿斯将军？说实话，

---

1 潘达洛斯假装不认识克瑞西达，因为她已经不是处女。

2 符号"----"代表省略淫秽语。

3 "小东西"的原词 chipochia 来自意大利语，指女性性器官，这里译作隐晦语。

	我都认不出您了；您这么早来有什么事？
埃涅阿斯	特洛伊罗斯王子在这里吗？
潘达洛斯	在这里？他在这里干什么？
埃涅阿斯	得了，他在这里，大人，不要隐瞒； 我有要紧的话对他说。
潘达洛斯	你是说，他在这儿？这我不知道，我可以发誓。 我自己呢，我回来得很晚。他在这里干什么？
埃涅阿斯	算了，别这么说！好了，好了，你不明真相护着他，对 他却没好处；你一片忠心对他，反倒害了他。不管你知 道不知道，还是快去把他叫出来。快去。

特洛伊罗斯上

特洛伊罗斯	怎么了？什么事？
埃涅阿斯	殿下，恕我来不及敬礼， 我的事情太紧急： 您的兄长帕里斯、得伊福玻斯， 希腊人狄俄墨得斯，还有被释放回来的安忒诺耳 即刻就到这里。为了他的获释， 在第一次祭神之前，即这一小时之内， 我们必须把克瑞西达小姐 交到狄俄墨得斯的手里。
特洛伊罗斯	这样决定了吗？
埃涅阿斯	已经由普里阿摩和特洛伊的朝臣议会通过； 要立刻执行。
特洛伊罗斯	刚刚如愿以偿，旋即就受嘲弄！ 我要去见他们。还有，埃涅阿斯将军， 请记住，我们只是碰巧相遇，别说在这里找到我。
埃涅阿斯	是，是，殿下，上天的秘密

	也比不上我更会保持沉默。　　特洛伊罗斯与埃涅阿斯下

克瑞西达上

潘达洛斯　这可能吗？刚刚到手就丢掉？愿魔鬼把安忒诺耳抓了去！年轻的王子一定要疯了。安忒诺耳真该死！但愿谁拧断他的脖子！

克瑞西达　怎么了？什么事？谁来过？

潘达洛斯　唉，嗨！

克瑞西达　你为什么这么长吁短叹？殿下在哪里？他走啦！
告诉我，亲爱的叔叔，出了什么事？

潘达洛斯　我宁愿长埋地下，也强似活在世上！

克瑞西达　天哪！这到底怎么了？

潘达洛斯　求求你，进去吧：你要是根本没有生到人世间有多好！我早知道你会害死他。啊，可怜的年轻人！不得好死的安忒诺耳！

克瑞西达　好叔叔，我求求你，我跪在地上求求你，到底出了什么事？

潘达洛斯　你必须走，孩子，你必须走；他们拿安忒诺耳来交换你了。你必须找你父亲去，必须离开特洛伊；这会叫他死，这会要了他的命；他受不了。

克瑞西达　啊，永生的天神啊！我不愿意走。

潘达洛斯　你必须走。

克瑞西达　我不愿意，叔叔。我已经忘掉了我父亲；
我不知道有什么骨肉之情；
没有亲人，没有爱，没有血液，没有灵魂比亲爱的特洛伊罗斯
对我更亲。噢，圣洁的神明！
如果她有一天会离弃特洛伊罗斯，

就让克瑞西达的名字承担最虚伪的骂名吧！
时间、力量，还有死亡，
尽你们所能摧残我的肉体吧；
但我的爱的基石和结构
犹如能够吸引万物的
地心一般牢固。我要进去哭了。

潘达洛斯　　去吧，去吧。

克瑞西达　　我要扯断我鲜亮的头发，抓破我受人赞美的面颊，
哭哑我清丽的嗓音，高喊着特洛伊罗斯的名字
直到我心碎。我不愿意离开特洛伊。　　　　　　同下

第三场　　/　　第十一景

帕里斯、特洛伊罗斯、埃涅阿斯、得伊福玻斯、安忒诺耳与狄俄墨得斯上

帕里斯　　天光已大亮，把她
交给这位希腊勇士的预定时间
很快就要到了。我的好兄弟特洛伊罗斯，
告诉你那位小姐她要做些什么，
催她赶快准备。

特洛伊罗斯　　我走进她家里，
立刻把她带出来交给那位希腊人；
当我把她交到他手里的时候，
请把它当作一座祭坛，你的兄弟特洛伊罗斯

	是个祭司，献出了他的心作为祭礼。
帕里斯	我知道恋爱的滋味，
	我很同情，但愿能帮得上忙！
	诸位将军，请进去吧。

众人下

第四场 / 第十二景

潘达洛斯与克瑞西达上

潘达洛斯	要节制，要节制。
克瑞西达	为什么告诉我要节制呢？
	我所品尝到的悲伤纯粹、丰富又透彻，
	而且和引起悲伤的原因一样
	感受强烈。我怎么能够节制？
	如果我能够控制我的感情，
	或者把它的味道冲淡变清凉，
	或许我可以节制我的哀伤。
	我的爱掺不进任何杂质，

特洛伊罗斯上

	损失这么惨重，我的悲伤无法克制。
潘达洛斯	来了，来了，他来了，一个好甜心。
克瑞西达	噢，特洛伊罗斯！特洛伊罗斯！（拥抱他）
潘达洛斯	好一对痴男怨女！让我也来抱抱吧。"啊，心啊"有个歌儿这么说，

"啊，心啊，沉重的心，

为何如此叹息还不碎？"

心的回答是：

"因为友谊或言语

都不能把你的痛苦减退。"

再没有比这更真挚的曲子了。什么东西都不该丢，因为我们也许有一天会用得着这么一首歌；用着了吧，用着了吧。怎么样，羔羊们？

特洛伊罗斯 克瑞西达，我对你的爱，纯洁得出奇，

比我冷淡的嘴唇里向神明所做的祈祷

还要虔诚而热烈，所以我的爱触怒了天神，

要把你从我身边掠去。

克瑞西达 天神也嫉妒吗？

潘达洛斯 是呀，是，是呀，是；这是明摆着的事实。

克瑞西达 我当真必须离开特洛伊？

特洛伊罗斯 这是可恨的事实。

克瑞西达 什么！也要离开特洛伊罗斯吗？

特洛伊罗斯 离开特洛伊和特洛伊罗斯。

克瑞西达 真要这样吗？

特洛伊罗斯 而且很匆忙。命运的残酷

阻止我们话别，粗暴地挤压

所有暂停的时间，狂野地用欺骗封堵我们

嘴唇的交吻，强力阻止

我们紧紧的拥抱，扼杀我们的神圣誓言，

甚至来不及让我们从肺腑中倾诉。

我们俩，费尽了千万声叹息

才赢得了彼此，现在却必须

仓促地用一声叹息廉价出卖自己。

害人的时间像强盗一样匆忙

胡乱塞起他根本不知道多么珍贵的宝藏：

无数的离情别意多如那浩瀚的繁星，

每一个星星都带着一个亲吻和一声叹息，

他却随便挤成一句简单的再见，

连一个饥渴的亲吻都不给我们，

只剩下抽泣的泪水和着苦涩让我们回味。

埃涅阿斯	（幕内）殿下，那位小姐准备好了吗？
特洛伊罗斯	听！有人在叫你。听说人之将死，
	鬼魂[1]也向他这么喊"来吧"。
	告诉他们耐心点。——她这就来。
潘达洛斯	我的眼泪呢？像雨一样下吧，才能止住这叹息；不然我的心就得连根拔起。
	下
克瑞西达	我必须去希腊人那里吗？
特洛伊罗斯	无可挽回。
克瑞西达	一个悲伤的克瑞西达如何置身于一帮狂欢的希腊人中间！我们什么时候才能相见？
特洛伊罗斯	听我说，我的爱人：只要你的心不变——
克瑞西达	我的心会变？怎么？这是多么恶毒的猜疑？
特洛伊罗斯	不，我们说话必须讲理，
	因为这机会正离我们而去。
	我说"只要你的心不变"，并不是怀疑你，
	因为我敢向死神发出挑战，

---

1 鬼魂：此处原文为 genius，与中国传统意义上的鬼魂意义稍有差别，指陪伴并影响一个人一生的守护神。——译者附注

保证你的心里没有污点；

我说"只要你的心不变"，只为了引出

我下面的誓言：你的心不变，

我一定来看你。

克瑞西达　噢，殿下，你会暴露自己，

立身于不测的巨大危险！但是我保证心不变。

特洛伊罗斯　我愿意与危险为伴。请你戴上这只衣袖[1]。

克瑞西达　也请你戴上这只手套。我什么时候才能再见到你？

（两人交换信物）

特洛伊罗斯　我会贿赂希腊守卫，

每个夜晚去看你。

但是你要心不变。

克瑞西达　啊，天哪！又说"心不变"！

特洛伊罗斯　我的爱，听我解释为什么这样说：

希腊青年作为情人

有很多美好品质，他们天赋高，

才华横溢手段又老道。

人多么容易喜新忘旧啊，天赋异禀外加英俊仪表，

哎呀！一股神圣的嫉妒——

请你叫它纯洁的罪过吧——

让我害怕。

克瑞西达　噢，天哪，你不爱我！

特洛伊罗斯　那就让我像坏蛋一样不得好死！

我说这话，并不是怀疑你的忠贞，

而是对我自己的优点没把握：我不会唱歌，

1　衣袖（sleeve）：一种可卸下的装饰性袖口，常被作为爱情信物送出。

不会跳优雅的舞蹈，不会甜言蜜语，

不会玩耍用计——这些好本领，

都是希腊人最为娴熟和擅长。

不过我要说，在这每一项技艺里，

都隐藏着一个不动声色的恶魔，

阴险地诱人堕落，但你千万不要受诱惑。

克瑞西达 你认为我会吗？

特洛伊罗斯 不。

但有些事我们身不由己；

有时候我们是自己的魔鬼，

当我们过于相信易变的天性，

就会屈从于它脆弱的诱惑。

埃涅阿斯 （幕内）喂，好殿下——

特洛伊罗斯 过来，吻我，我们就此作别吧。

帕里斯 （幕内）特洛伊罗斯弟弟！

特洛伊罗斯 好哥哥，你过来吧，

带上埃涅阿斯和那个希腊人。

克瑞西达 殿下，您会忠心不变吧？

特洛伊罗斯 谁，我？哎呀，这是我的过失，我的缺陷；

别人用手段沽名钓誉，

我却用忠心换得痴愚；

有人狡黠地在他们的铜冠上镀金，

我却不加修饰以真面目示人。

希腊人埃涅阿斯、帕里斯、安忒诺耳、得伊福玻斯与狄俄墨得斯上

不要怀疑我的忠心；我全部的智慧

就是"忠诚和单纯"；一切皆在此中。——

欢迎，狄俄墨得斯将军！这就是

我们要交换安忒诺耳的那位小姐。
到了城门口，我就把她交到你手里，
一路上我要向你讲讲她的为人。
好好照顾她，凭我的灵魂发誓，尊贵的希腊人，
如果有一天你的性命悬在我剑下，
只要提起克瑞西达的名字，你
就像普里阿摩端坐在王宫那样安全。

狄俄墨得斯　可爱的克瑞西达小姐，
您无须向这位王子的关心表示感谢；
您双眸中的光彩，貌若天仙的颜容
就是让人效力的最有力保障。对于狄俄墨得斯，
您就是他的女主人，有何差遣尽管讲。

特洛伊罗斯　希腊人，你太无礼，
你用恭维她的话，来羞辱
我诚挚的嘱托。我告诉你，希腊将军，
她远远超过了你的赞美，
你连做她的仆人都不配。
我命令你好好照顾她，只因为这是我的命令。
如果你不这么做，凭可怕的冥王[1]起誓，
纵然有高大魁梧的阿喀琉斯做保镖，
我也要把你的喉咙切掉。

狄俄墨得斯　啊，请勿动怒，特洛伊罗斯王子。
让我享受作为使者的特权，
自由发言；当我离开此地，
我便随心所欲。您要知道，殿下，

---

1 冥王：原文 Pluto（普路同），是希腊神话中冥界的统治者。

我谁的命令都不听。按照她的身份
我将好好对待她。只是因为您说"必须怎样"，
我才以我的勇气和荣誉作答："不。"

特洛伊罗斯　走，到城门口。我告诉你，狄俄墨得斯，
因为你今天的大胆妄为，以后可要时常小心你的脑袋。——
小姐，把你的手给我，我们一边走，
一边把我们心里的话倾诉。

　　　　　　　　　特洛伊罗斯、克瑞西达与狄俄墨得斯下

号声起

帕里斯　听！赫克托耳的号角。

埃涅阿斯　这个早晨我们就这样浪费了！
王子一定认为我懒惰懈怠，
我发过誓要策马赶到他前面去上阵。

帕里斯　这是特洛伊罗斯的错；来，来，和他一起上战场。

狄俄墨得斯　我们立刻就去。

埃涅阿斯　对，像新郎那样抖擞精神，
让我们把赫克托耳紧紧追随；
今天我们特洛伊的荣耀
全仗他高贵的品质和个人神威。　　　　　众人下

第五场　　/　　第十三景

希腊营地附近

埃阿斯身穿盔甲，与阿喀琉斯、帕特洛克罗斯、阿伽门农、墨涅拉俄斯、尤利西斯、涅斯托耳、卡尔卡斯及其他人上

阿伽门农　　你已经浑身披挂，整装待发，

　　　　　　赶到了时间前头。鼓起十足的勇气，

　　　　　　向着特洛伊吹响你嘹亮的号角，

　　　　　　令人生畏的埃阿斯，那颤抖的音波

　　　　　　会刺穿那位伟大对手的耳膜，

　　　　　　召唤他来到阵前。

埃阿斯　　吹号手，听我号令使劲吹。

　　　　　　吹破你的铜管子，吹炸你的肺；

　　　　　　伙计，给我使劲吹，吹得你腮帮圆鼓鼓，

　　　　　　圆过那吹胡子瞪眼的风神阿奎隆。

　　　　　　来，鼓起胸膛使劲吹，吹得你血管迸裂，双眼出血。

　　　　　　给我把赫克托耳吹出来。（号声起）

尤利西斯　　没有喇叭回应。

阿喀琉斯　　时间还早。

阿伽门农　　那不是狄俄墨得斯带着卡尔卡斯的女儿吗？

尤利西斯　　是他，我认得他走路的样子，

　　　　　　他踮着脚尖，趾高气扬，

　　　　　　好像要从地面上飘起来。

狄俄墨得斯与克瑞西达上

阿伽门农　　这位可是克瑞西达小姐？

狄俄墨得斯	正是。
阿伽门农	对你来希腊人这里，不计代价地热烈欢迎 [1] 你，甜美的小姐。（亲吻她）
涅斯托耳	我们的元帅居然用一吻来欢迎你。
尤利西斯	可那只能表示他个人的盛情； 如果她让大家都吻一下就更好了。
涅斯托耳	很得体的提议：我来开始。（亲吻她） 这是涅斯托耳的吻。
阿喀琉斯	我要从你的嘴唇吻去那寒冬 [2]，美丽的小姐； 阿喀琉斯欢迎你。（亲吻她）
墨涅拉俄斯	我曾经有过吻她的好理由 [3]。
帕特洛克罗斯	但是不能成为现在吻她的理由； 帕里斯正是这么突如其来的一吻，就得逞了。[4]（亲吻她）
尤利西斯	啊，致命的祸根，我们被嘲笑的原因， 我们抛却头颅正是为了给他的犄角镀金 [5]。
帕特洛克罗斯	头一个吻是墨涅拉俄斯的，这个吻，是我的； 帕特洛克罗斯在吻你。（再次亲吻她）
墨涅拉俄斯	啊，这可真不错 [6]！
帕特洛克罗斯	帕里斯和我，总是替他吻别人。
墨涅拉俄斯	我要我的一吻，先生。——小姐，请你恩准。
克瑞西达	在亲吻时，你是给我吻还是受我吻？

---

1 此处原文的 dearly 一方面表示热烈欢迎，另一方面暗示将她带到这里来的战争代价巨大。

2 寒冬（winter）：喻指涅斯托耳年老，他的吻就像是在克瑞西达的面颊上染霜。

3 这个理由指海伦。

4 指帕里斯把海伦拐走了。——译者附注

5 给他的犄角镀金（gild his horns）：为墨涅拉俄斯的绿帽子争虚荣（妻子不忠，丈夫头上长角）。

6 此处原文用 this is trim，trim 一词指"很好"，在此有讽刺意味。

帕特洛克罗斯	既受你的吻，也给你吻。
克瑞西达	我敢拿生命打赌，
	你受的吻胜过你给的；
	所以我不准你吻。
墨涅拉俄斯	我给你利息，我给你三个吻换你一个吻。
克瑞西达	你是单身一个人；给吻要对等，否则就别吻。
墨涅拉俄斯	一个人？小姐！每个男人都是一个人。
克瑞西达	不，帕里斯就不是；原因你知道，
	你是单身一个人，他赢了你配成双。[1]
墨涅拉俄斯	你触到了我的伤心处。
克瑞西达	不，我没有。
尤利西斯	你的指甲挠他的犄角，完全不是对手。
	亲爱的小姐，我可以求你一个吻吗？
克瑞西达	你可以。
尤利西斯	我确实想要。
克瑞西达	哦，你求吧。
尤利西斯	当海伦重新变成了处女，而且归还到他手里，
	为了维纳斯的缘故，到时请给我一个吻——
克瑞西达	我欠下你这笔债，到了时候你来取。
尤利西斯	永远没有那一天，要我向你讨一吻。
狄俄墨得斯	小姐，和你说句话：我带你去见你父亲。
涅斯托耳	一个伶俐的女人。
尤利西斯	呸，她不是好东西！
	她的眼睛、面颊和嘴唇都含情；
	不止啊，连她的脚都会说话；她身体的每个关节

---

1 暗讽帕里斯拐走海伦一事。——译者附注

                每个动作都透出她是个淫荡风流种。
                这些卖弄风骚的女人，嘴油舌滑，
                没等人走过来，屈身先相迎；
                把内心的字板[1]大大张开无遮掩，
                供每个好色之徒意淫浏览！任由自己
                唾手可得
                成为随意取乐的贱货。　　　　狄俄墨得斯与克瑞西达下

全体特洛伊人：赫克托耳、帕里斯、埃涅阿斯、赫勒诺斯及众侍从上。喇叭奏花腔

所有人　　　　特洛伊人的喇叭声。

阿伽门农　　　他们的军队来了。

埃涅阿斯　　　致敬，各位希腊将军！
                胜利者会获得何等荣誉？你们是否有意
                公开宣布获胜者？你们是要
                两人拼尽全力
                杀到底，还是听鼓声或号令
                把双方分离？
                赫克托耳派我来问仔细。

阿伽门农　　　赫克托耳愿意采用哪种方式？

埃涅阿斯　　　他无所谓；愿意遵守双方约定的条件。

阿喀琉斯　　　这正是赫克托耳的做派，但是太过自信
                和骄傲，显得很瞧不起
                对方的骑士。

埃涅阿斯　　　将军，如果你不是阿喀琉斯，请问你姓名？

阿喀琉斯　　　如果不是阿喀琉斯，那我谁也不是。

埃涅阿斯　　　那你就是阿喀琉斯了。别的且不提，这一点请牢记：

1　字板（table）：暗指"阴道"。

若论勇气和骄傲，

在赫克托耳身上体现得最极致；

说起勇气他有无限大，

若提骄傲他无分毫。如果好好估量他，

那看似骄傲之处恰是他的礼貌。

这位埃阿斯有一半和赫克托耳血统相同 [1]，

为了这份亲情，赫克托耳只用一半力气来出征；

半颗心、半只手，半个赫克托耳前来迎战

这位混血骑士，皆因他一半是特洛伊人一半是希腊人的

后裔。

阿喀琉斯 　那么这是一场女人的决斗？哦，我懂了。

狄俄墨得斯上

阿伽门农 　狄俄墨得斯将军来了。高贵的骑士，

你代表我们的埃阿斯，去和埃涅阿斯将军

一起商议他们决斗的条件，

或拼个筋疲力尽，

或打打歇歇，皆由你们定夺。双方既是亲戚，

动手之前恐怕都有顾虑。（埃阿斯与赫克托耳入比武场）

尤利西斯 　他们已经上阵了。

阿伽门农 　那位脸色凝重的特洛伊人是谁？

尤利西斯 　普里阿摩最小的儿子，一位真正的骑士，

// 他们叫他特洛伊罗斯：//

还未经历练，却已无人能及，言语果断，

要说的话总表现在行动里，做过的事却只字不提；

不轻易动怒，一旦动怒却难平复；

1　埃阿斯的母亲赫西俄涅（Hesione）是普里阿摩的妹妹，所以埃阿斯与赫克托耳是表亲。

心胸和出手既坦荡又慷慨，
他之所有皆可施于人，他之所想都流露脸上；
但他并不随意施舍，而是凭理性引导慷慨，
也不轻易出口未深思熟虑的思想：
他像赫克托耳一样勇猛，却更厉害，
因为赫克托耳在盛怒之下，对柔弱的对手
会手下留情；可他若激战正酣，
则比善于嫉妒的爱还凶残。
他们叫他特洛伊罗斯，在他身上，
寄托着和赫克托耳一样坚实的希望。
埃涅阿斯对这位年轻人
知根知底，在伟大的伊利姆王宫
他私下里对我这样讲。（警号）

阿伽门农	他们打起来了。（埃阿斯与赫克托耳相斗）
涅斯托耳	喂，埃阿斯，大显身手啊！
特洛伊罗斯	赫克托耳，你睡着了吗；醒醒吧！
阿伽门农	他出剑很稳。好，埃阿斯！
狄俄墨得斯	你们不能再打了。

号声止

埃涅阿斯	两位王子，够了，请住手。
埃阿斯	我身上还没热呢；再打一会儿吧。
狄俄墨得斯	请问赫克托耳的意思。
赫克托耳	噢，那就算我不愿意打了。
	将军，你是我父亲妹妹的儿子，
	是伟大的普里阿摩的儿子的表兄。
	我们的血缘关系不允许
	我们俩之间的残酷厮杀：

如果你这个希腊人和特洛伊人的混血儿，

能够分清楚说："这只手完全是希腊的，

这只完全属于特洛伊；这条腿的肌腱

全是希腊的，这条都属于特洛伊；我母亲的血

流在我右边的面颊，左边

流的是我父亲的血，"那么，我敢向万能的乔武发誓，

你决不会从我这里保住你那一半希腊人的身体，

我的剑定会给你留下这场鏖战[1]的痕迹。

可是公正的天神禁止

我这凡世的利剑沾上

你得自你母亲、我神圣的姑母

哪怕是一滴血！让我拥抱你，埃阿斯：

凭借雷电之神起誓，你的胳膊真结实；

赫克托耳愿意你的双臂这样拥抱他。

（拥抱他）表兄，一切光荣属于你！

埃阿斯　谢谢你，赫克托耳。

你太善良也太慷慨；

表弟，我原本是来杀你的，

以你的死赢得一个大声誉。

赫克托耳　即使最负盛名的涅俄普托勒摩斯[2]，

哪怕荣誉之神对着他鲜艳的头饰高声喊

"光荣属于他"，也不敢动一丝念头

胆敢从赫克托耳身上夺荣誉。

1　鏖战（rank feud）：指特洛伊—希腊之战。

2　涅俄普托勒摩斯：指阿喀琉斯，这其实是阿喀琉斯的儿子皮洛斯·涅俄普托勒摩斯（Pyrrhus Neoptolemus）的名字。

埃涅阿斯	双方都在观望 两位下一步的行动。
赫克托耳	我们这样回答: 拥抱是这次决斗的结果。埃阿斯,再会。(拥抱埃阿斯)
埃阿斯	如果我的邀请能成功—— 难得我有这机会——我想请 我声名显赫的表弟来趟我们希腊大营。
狄俄墨得斯	这是阿伽门农的希望。伟大的阿喀琉斯 也渴望见到不穿甲胄的英勇的赫克托耳。
赫克托耳	埃涅阿斯,叫我弟弟特洛伊罗斯来见我, 把这次善意的会面告知 我们观战的特洛伊将士。 请他们回去吧。——(对埃阿斯)把你的手给我,表兄, 我愿意和你一同宴饮,见见你们的骑士。

阿伽门农及其他人上前

埃阿斯	伟大的阿伽门农来迎接我们了。
赫克托耳	(对埃涅阿斯)他们当中最显赫的人,请逐一告诉我名字; 但是轮到阿喀琉斯,我搜寻的目光 会认出他庞大魁梧的身躯。
阿伽门农	尊贵的英雄,我热烈欢迎你,就像我 同样热切地希望除掉你—— 可那就不是欢迎了;我的意思这样表达更清楚, 已经过去的和尚未到来的, 都撒满了遗忘的空壳和残迹; 但是此时此刻,真情实意, 全然没有任何虚伪和猜疑, 谨向你致以最神圣最诚挚的敬意,

伟大的赫克托耳，我从心底欢迎你。

| 赫克托耳 | 谢谢你，最尊贵的阿伽门农。 |

阿伽门农　（对特洛伊罗斯）享誉盛名的特洛伊王子，我也同样欢迎你。

墨涅拉俄斯　请让我来重述我王兄的欢迎：

欢迎两位英勇的兄弟，欢迎来这里。

赫克托耳　请问这是哪位？

埃涅阿斯　高贵的墨涅拉俄斯。

赫克托耳　噢，是您，将军？凭着战神的铁手套起誓，谢谢！

不要讥笑我发如此古怪的誓言；

您的前夫人还凭着维纳斯的手套[1]起誓。

她很安好，但是没有叫我问候您。

墨涅拉俄斯　现在不用提她，将军；她是个要命的话题。

赫克托耳　噢，对不起；我冒犯了。

涅斯托耳　勇敢的特洛伊人，我时常看见你

从希腊青年的阵营中杀进杀出

把人的生死瞬间裁定；我也曾见你

像盛怒的珀耳修斯[2]，跨着生有双翼的骏马[3]纵横驰骋；

我也见过你高举利剑停空中，

却不让它在敌人的头上落下，

仿佛对降兵败将不屑诛杀。

因此我就对身旁观战的人这样讲，

"瞧，那是天神朱庇特，在赐予人生命！"

1　维纳斯的手套（Venus' glove）：维纳斯对自己的丈夫武尔坎（Vulcan）不忠，她同时还是战神玛尔斯（Mars）的情人。

2　珀耳修斯（Perseus）：希腊神话中杀死了蛇发女怪墨杜萨（Medusa）的英雄。

3　生有双翼的骏马（Phrygian steed）：指神马珀伽索斯（Pegasus）。

我还看见过你暂停下来从容喘息，
任凭一群希腊人紧紧包围你，
好像一位奥林匹亚之神在角力。这都是我亲眼见，
可你的尊容，一直锁在钢铁面罩里，
直到今日我才得见。我认识你祖父，
曾经和他交战过；他是一位好战士，
不过，凭着伟大的战神起誓，
他可比不上你。让一个老人拥抱你，
尊敬的勇士，欢迎来我们营地。

埃涅阿斯　　这位是老涅斯托耳。

赫克托耳　　让我拥抱你，好意的老人家，
你和时间携手同行了这么久；
最受人尊敬的涅斯托耳，我很高兴拥抱你。

涅斯托耳　　但愿我的胳膊还能在战场上与你比高下，
就像现在这样向你致意。

赫克托耳　　我但愿它们还行。

涅斯托耳　　哈？
以我这把白胡子起誓，明天我就和你交手。
啊，欢迎，欢迎！我也年轻过。

尤利西斯　　特洛伊的根基和柱石都在我们这里，
我不知道现在那座城池如何还能屹立。

赫克托耳　　我清楚记得你的容貌，尤利西斯将军，
啊！自从我们初次会面，在那次你和狄俄墨得斯
代表希腊出使伊利姆王宫，
希腊和特洛伊都有很多人阵亡丧生。

尤利西斯　　将军，我那时就向你预言：
我的预言才应验了一半；

因为你们那固若金汤的城墙，

还有那高耸入云的碉楼，

一定会坍塌下来，亲吻它们脚下的土地。

赫克托耳　　我肯定不信你的话：

它们依然耸立，我谦虚地说，

每一块特洛伊的石头落下，

都要希腊人付出血的代价；结果说明一切，

时间老人是大家的裁决者，

终有一天会结束这场战争。

尤利西斯　　那么我们就留给他好了。

最温良又最英武的赫克托耳，欢迎。

在元帅之后，我也设宴款待，

邀你到我的营帐小聚。

阿喀琉斯　　我要抢先一步发出邀请，尤利西斯将军，抢在你前头！

现在，赫克托耳，我的眼睛已经把你看了个够，

我仔仔细细端详了你，赫克托耳，

每一处关节都记在了心里头。

赫克托耳　　这位是阿喀琉斯吗？

阿喀琉斯　　我是阿喀琉斯。

赫克托耳　　请站远点，让我仔细打量你。

阿喀琉斯　　你尽管看。

赫克托耳　　哦，我已经看完了。

阿喀琉斯　　你看得太匆忙了；我要再看你一遍，

就像我要买下你整个人一样，从头到脚来回瞅。

赫克托耳　　啊，你像看猎人手册一样在打量我；

不过我身上有些地方你看不懂。

为什么要用你的眼睛这么盯着我？

阿喀琉斯	告诉我，天哪，我该从他身上哪一部分
	杀死他？（指点）这里，那里，还是那里？
	我好给每一处伤口起个名字，
	记清楚赫克托耳伟大的灵魂
	从哪一处伤口飞走。天神哪，回答我！
赫克托耳	骄傲的人，若回答你这样的问题，
	简直是玷污伟大的神。请起身站好 [1]；
	你认为取我的性命如此容易
	竟然会让你预先推敲
	从何处下手置我于死地？
阿喀琉斯	我告诉你，是的。
赫克托耳	纵然你告诉我的是神谕，
	我也不信你。从此以后你要防卫好自己，
	因为我不会从这里、那里，或那里杀死你，
	但是，凭着冶炼了战神头盔的熔炉起誓，
	我要从你浑身上下杀死你，对，杀得你体无完肤。
	各位明理的希腊人，恕我如此夸海口：
	他的傲慢愚蠢激我这样讲；
	但是我一定用行动证实我的话，
	否则我决不——
埃阿斯	你不要生气，表弟；
	你，阿喀琉斯，把这些吓人的话放一旁，
	等哪天上了战场再说吧。
	要是你愿意，你每天都可以
	和赫克托耳打个够。只恐怕，

---

1 刚才阿喀琉斯跪着向天神祈祷。

全军将领都不一定请得动你和他交手。

赫克托耳 我请你在战场上相见：

自从你拒绝为希腊人出力，

我们的仗一直打得不激烈。

阿喀琉斯 赫克托耳，你请求我吗？

明天我就和你上阵对垒，拼死决斗；

今天晚上我们大家是朋友。

赫克托耳 把你的手给我，一言为定。

阿伽门农 各位希腊将军，请先到我的营帐；

我们在那里开怀畅饮。之后，

如果赫克托耳有余暇，你们也好客，

可以再单独款待他。

鼓声震天敲，号角吹起来，

让这位大英雄知道我们对他的欢迎。

众人下。特洛伊罗斯与尤利西斯留场

特洛伊罗斯 尤利西斯将军，请你告诉我，

卡尔卡斯住在这营地的什么地方？

尤利西斯 在墨涅拉俄斯的营帐里，尊贵的特洛伊罗斯：

狄俄墨得斯今晚在那里宴请他，

他既不看天，也不看地，

全神贯注将热恋的目光

投注在美丽的克瑞西达身上。

特洛伊罗斯 将军，我可否劳驾你，

在我们离开阿伽门农的营帐之后，

带我到那里去？

尤利西斯 愿意效力，殿下。

能否请您告诉我，这位克瑞西达

	在特洛伊的名声怎么样？在那里她是否有情人
	为她的离开而心伤？
特洛伊罗斯	噢，先生，展示伤疤而自夸

遭到嘲笑是活该。将军，我们走吧？

她被爱过，也爱过；她还被人爱，也还爱着人；

但是啊，甜蜜的爱情到了命运口中，只是它随意咀嚼的

食粮。　　　　　　　　　　　　　　　　　　同下

第 五 幕

第一场 / 第十四景

希腊营地

阿喀琉斯与帕特洛克罗斯上

阿喀琉斯 　今晚我要用希腊美酒烧热他的血液，

　　　　　　明天再用我的短刃弯刀叫它冷却。

　　　　　　帕特洛克罗斯，让我们款待他痛饮一番。

帕特洛克罗斯 　忒耳西忒斯来了。

忒耳西忒斯上

阿喀琉斯 　怎么样，你这嫉妒的疖子核！

　　　　　　天生的硬面包皮儿，有什么消息？

忒耳西忒斯 　啊，你这徒有其表的画像，白痴

　　　　　　崇拜者的偶像，这有一封信给你。（递过一信）

阿喀琉斯 　从哪里来的，你这渣滓？

忒耳西忒斯 　啊，你这十足的傻瓜蛋，从特洛伊来的。

帕特洛克罗斯 　现在谁在守卫营帐？

忒耳西忒斯 　医生的箱子[1]和病人的伤口。

帕特洛克罗斯 　答得妙，捣蛋鬼，开这玩笑有什么用？

忒耳西忒斯 　请你闭嘴，孩子；从你的谈话中我得不到任何好处；你据
　　　　　　说是阿喀琉斯的男宠。

1　忒耳西忒斯的回答把上一句中的"营帐（tent）"故意理解为"清理伤口的医用手术工具箱
　（tent）"。

帕特洛克罗斯　　男宠，你这混蛋！那是什么意思？

忒耳西忒斯　　噢，就是他的男婊子。但愿南方各种腐烂的恶病[1]，腹绞疼、疝气、伤风、肾结石、嗜睡症、瘫痪[2]等等等等，一股脑感染到发明这种颠倒弄法的人身上。

帕特洛克罗斯　　啊，你这该死的嫉妒盒子[3]，你为什么这样咒人？

忒耳西忒斯　　我咒你了吗？

帕特洛克罗斯　　噢，没有，你这烂木桶[4]，你这婊子养的不成形的恶狗。

忒耳西忒斯　　没有？那你为什么生气？你这一卷软软塌塌、缺斤短两的生丝线，烂眼圈上的绿丝纱罩，浪荡公子钱包上的流苏！啊，这个可怜的世界上怎么到处都摆不脱你这种嗡嗡叫的水上飞虫，天生可恶的小玩意！

帕特洛克罗斯　　滚，毒舌！

忒耳西忒斯　　小麻雀蛋！

阿喀琉斯　　我亲爱的帕特洛克罗斯，

我明天出战的雄心受到了挫伤。

这有赫卡柏王后的一封信，

还有她的女儿、我心爱之人的一份信物，

她们都敦促我恳求我遵守

我曾经发过的誓言。我不能违背它：

让希腊消亡，让名声消失，让荣誉去留随意吧，

我的宏言大誓在此，我必须服从。

1　南方各种腐烂的恶病（the rotten diseases of the south）：指性病。当时普遍认为性病来自于意大利，尤其是意大利南部城市那不勒斯，该城市为梅毒高发地区。

2　四开本中所列病名比这长很多，后面还有："烂眼圈、肝腐烂、哮喘、膀胱化脓、坐骨神经痛、手掌牛皮癣、无药可治的骨头疼，以及终生不愈的水疱疹"。

3　盒子（box）：暗指"阴道"。

4　烂木桶（Ruinous butt）：暗指"生病的臀部"，其中 butt 暗指 buttocks（臀部）。

　　　　　　　来，来，忒耳西忒斯，帮我布置好营帐；

　　　　　　　今夜要在纵情畅饮的欢宴中消磨。

　　　　　　　走吧，帕特洛克罗斯！　　　　阿喀琉斯与帕特洛克罗斯下

忒耳西忒斯　这两个人血气太旺，头脑太少，他们也许要疯掉；要是他
　　　　　　　们因为头脑太多血气太少而发疯，这种疯病我或许能治好。
　　　　　　　还有阿伽门农，人倒是够老实，还喜欢玩女人，可是他的
　　　　　　　头脑还没有耳屎多；说到他那个兄弟，简直活脱脱就是朱
　　　　　　　庇特做派的化身[1]，那头公牛——那个乌龟的原始塑像和不用
　　　　　　　写名字的王八纪念碑，活似一个用铁链子串着、挂在他
　　　　　　　哥哥腿上的一块小鞋拔——像他这种家伙，即便是奸邪
　　　　　　　中掺点智慧，智慧中塞点奸邪，他又能变成什么样呢？
　　　　　　　变成一头驴，那也没什么；他本来就既是驴又是牛。变
　　　　　　　成一头牛，那也没什么；他本来就既是牛又是驴。变成
　　　　　　　一条狗，一匹骡子，一只猫，一只臭鼬，一只癞蛤蟆，
　　　　　　　一条蜥蜴，一只猫头鹰，一只枭，或是一条没有鱼卵的
　　　　　　　鲱鱼，我都不在乎；但是要叫我变成墨涅拉俄斯，我可
　　　　　　　要向命运造反。如果我不是忒耳西忒斯，别问我愿意变
　　　　　　　成什么，因为就是变成癫痫汉身上的虱子，我都不在乎；
　　　　　　　只要不变成墨涅拉俄斯。哎哟，妖精和火把！

赫克托耳、埃阿斯、阿伽门农、尤利西斯、涅斯托耳、狄俄墨得斯、特洛伊
罗斯与墨涅拉俄斯执火把上

阿伽门农　　我们走错了。我们走错了。

埃阿斯　　　不，那边就是；是我们看见亮光的地方。

赫克托耳　　麻烦你们了。

1　这里将墨涅拉俄斯（因妻子不忠而头上长角的丈夫）比作朱庇特，是因为朱庇特为了引诱欧
　　罗巴（Europa）而把自己变成一头公牛（公牛头上有犄角）。

埃阿斯	不，一点也不。

阿喀琉斯上

尤利西斯	他亲自来为你引路了。
阿喀琉斯	欢迎你，勇敢的赫克托耳。欢迎，诸位君王。
阿伽门农	英勇的特洛伊王子，我现在要向你道晚安了。 埃阿斯会命令卫兵照顾你。
赫克托耳	多谢，希腊元帅，晚安。
墨涅拉俄斯	晚安，将军。
赫克托耳	晚安，亲爱的墨涅拉俄斯将军。
忒耳西忒斯	（旁白）亲爱的厕所，他竟然说"亲爱的"？亲爱的粪坑， 亲爱的下水道。
阿喀琉斯	晚安，回去的人； 欢迎，留下的人。
阿伽门农	晚安。 阿伽门农与墨涅拉俄斯下
阿喀琉斯	老涅斯托耳留下了，狄俄墨得斯，你也留下吧， 陪赫克托耳一两个小时。
狄俄墨得斯	我不能，将军。我还有急事， 现在正是紧要关头。——晚安，赫克托耳。
赫克托耳	请给我您的手。
尤利西斯	（旁白。对特洛伊罗斯）跟上他的火把； 他要去卡尔卡斯的营帐。 我陪您一起去。
特洛伊罗斯	亲爱的将军，不胜荣幸。
赫克托耳	那么，晚安了。
	狄俄墨得斯下，尤利西斯与特洛伊罗斯随下
阿喀琉斯	来，来，请进我的营帐。
	阿喀琉斯、赫克托耳、埃阿斯与涅斯托耳下

忒耳西忒斯　　那个狄俄墨得斯是个虚伪奸诈的小人，心术不正的坏蛋；我可信不过他，他斜眼看人时，比一条咝咝作响的蛇都靠不住。他信口雌黄，随便许愿，像一只张大嘴巴的猎狗狂吠乱叫；可当他履愿时，连天文学家都会发出预告：天象异常，将有重大变故。要是狄俄墨得斯能守信用，除非太阳向月亮借光。我宁愿不去看赫克托耳的尊容，也要跟紧他。据说他养了一个特洛伊娼妇，借那个卖国贼卡尔卡斯的帐篷幽会。我要跟过去。不要脸的淫荡！荒淫无度的恶棍！　　　　　　　　　　　　　　　下

第二场　　/　　第十五景

希腊营帐（卡尔卡斯帐前）

狄俄墨得斯上

狄俄墨得斯　　喂，你还没睡吧，啊？说话呀。

卡尔卡斯　　（幕内）是谁？

狄俄墨得斯　　狄俄墨得斯。是卡尔卡斯吧，你的女儿呢？

卡尔卡斯　　（幕内）她马上来见你。

特洛伊罗斯与尤利西斯从远处上，忒耳西忒斯随上。特洛伊罗斯与尤利西斯整场中一直在一旁说话

尤利西斯　　请站在火把照不到我们的地方。

克瑞西达上

特洛伊罗斯　　克瑞西达出来见他了。

狄俄墨得斯	你好吗，我的被保护人？
克瑞西达	你好，我亲爱的监护人！来，和你说句话。（两人耳语）
特洛伊罗斯	啊，这么亲密？
尤利西斯	她对任何男人都一见如故。
忒耳西忒斯	（旁白）男人对她也一见如故，只要他能拿捏住她的调[1]：她的调门可是随时可调。
狄俄墨得斯	你会记住吗？
克瑞西达	记住？是的。
狄俄墨得斯	光记住不够，还要做到啊； 你的心和说过的话要一致。
特洛伊罗斯	要她记住什么呢？
尤利西斯	听！
克瑞西达	亲爱的甜蜜蜜的希腊人，不要再引诱我干傻事。
特洛伊罗斯	搞什么鬼！
狄俄墨得斯	不，那么——
克瑞西达	我对你说呀——
狄俄墨得斯	别，别！你有什么好说的，你是个违背誓约的----
克瑞西达	说实话，我不能。你要我做什么呢？
忒耳西忒斯	（旁白）一个鬼把戏——公开的秘密。[2]
狄俄墨得斯	你发过誓要给我什么东西？
克瑞西达	我求你不要让我履行诺言： 除了这个我什么都依你，甜蜜的希腊人。
狄俄墨得斯	晚安吧。

---

1 调：原文 clef，也暗指 cleft，即"阴道"。

2 此句中"鬼把戏（juggling trick）"暗示"性交"，"秘密（secret）"暗示"阴部"。

特洛伊罗斯	忍住，忍耐！
尤利西斯	怎么了，特洛伊人？
克瑞西达	狄俄墨得斯——
狄俄墨得斯	不，不，晚安吧；我不再受你捉弄了。
特洛伊罗斯	比你好的人都被捉弄了。
克瑞西达	听着，我趴你耳朵边儿说句话。
特洛伊罗斯	啊，真是气死人！
尤利西斯	您动怒了，王子。我们回去吧，我求您，
	免得您的火越来越大
	按捺不住打起来。这个地方很危险；
	这个时候很要命。我求您回去吧。
特洛伊罗斯	看下去，我求你！
尤利西斯	不，好殿下，走吧。
	你快气疯了。走吧，殿下！
特洛伊罗斯	请你留下来。
尤利西斯	你没有耐心了。走吧。
特洛伊罗斯	请你留下来。凭地狱和地狱里的酷刑发誓，
	我再也不说一句话！
狄俄墨得斯	好了，晚安。
克瑞西达	不，不能让您生着气离开。
特洛伊罗斯	那使你难过吗？噢，枯萎的忠心！
尤利西斯	怎么了，王子？
特洛伊罗斯	乔武在上，我忍住就是。
克瑞西达	监护人！喂，希腊人！
狄俄墨得斯	不，不！再见；你总是捉弄人。
克瑞西达	说实话，我没有；你再过来。
尤利西斯	您在发抖，殿下，您走吗？

	您要气炸了。
特洛伊罗斯	她摸他的脸！
尤利西斯	走吧，走。
特洛伊罗斯	不，留下来。乔武在上，我不再说话。
	在我的意志和意气之间
	有忍耐守护着；再留一会儿。
忒耳西忒斯	（旁白）那个屁股胖胖、手指圆圆的淫荡恶魔啊，怎么把
	他们撮合在了一起！煎吧[1]，在淫欲的地狱里，煎吧！
狄俄墨得斯	可是，你愿意吗？
克瑞西达	说实话，我愿意，嗯！我保证。
狄俄墨得斯	给我一件东西做信物吧。
克瑞西达	我去给你拿一件。 下
尤利西斯	你发誓了要忍耐。
特洛伊罗斯	不必担心我，将军。
	我要忘掉我自己，
	不动感情，克制忍耐。

克瑞西达执特洛伊罗斯的衣袖上

忒耳西忒斯	信物来了；来了，来了，来了！
克瑞西达	看，狄俄墨得斯，留着这只衣袖吧。（她可能给他衣袖）
特洛伊罗斯	噢，美人！你的忠心哪去了？
尤利西斯	殿下——
特洛伊罗斯	我要忍耐：不动声色强忍着。
克瑞西达	你可看清楚了那衣袖？仔细看看。
	他爱过我——噢，负心的女人！——把它还给我。
狄俄墨得斯	这是谁的？（她可能拿回衣袖）

1 煎（fry）：暗示性病的一种症状，灼烧感。

克瑞西达	是谁的没关系，现在我又拿回来了。
	明天晚上我不再见你；
	求你了，狄俄墨得斯，不要再来看我。
忒耳西忒斯	（旁白）现在她要磨他了；说得好，磨刀石！[1]
狄俄墨得斯	我要它。
克瑞西达	什么，这个吗？
狄俄墨得斯	啊，就是这个。（他可能拿走衣袖）
克瑞西达	噢，诸神在上！噢，好漂亮、好漂亮的信物啊！
	你的主人正辗转躺在他床上，
	把你思来把我想，叹口气，拿出我的手套来，
	一边回忆一边轻轻把它吻，
	就像现在我吻你。（她可能试图拿回衣袖）
狄俄墨得斯	不，不要从我手里抢走。
克瑞西达	拿它的人也拿去了我的心。
狄俄墨得斯	我得到了你的心，这东西也该归我。
特洛伊罗斯	我发过誓一定要忍耐。
克瑞西达	你不能拿它，狄俄墨得斯——说实话，你不能；
	我可以给你别的东西。
狄俄墨得斯	我就要这个。这是谁的？
克瑞西达	那没关系。
狄俄墨得斯	说吧，告诉我这是谁的。
克瑞西达	那个人爱过我，比你能爱的还要多。
	不过，你现在既拿了它，就给你吧。
狄俄墨得斯	它是谁的？

---

1 此句亦有性暗示，"磨刀石（whetstone）"暗指"阴道 / 女人 / 妓女"；"磨他（sharpen）"暗指"使他勃起"。

克瑞西达	凭着狄安娜女神和拱卫她的群星发誓，
	我不会告诉你它是谁的。
狄俄墨得斯	明天我要把它戴在头盔上，
	他如果不敢来挑战，就会刺痛他的心。
特洛伊罗斯	纵然你是魔鬼，把它挂在你犄角上，
	我也要挑战你。
克瑞西达	好了，好了，既然这么做了，也就算过去了。可是不；
	我不打算兑现我的诺言。
狄俄墨得斯	那么，再见了；
	狄俄墨得斯再也不受你捉弄了。
克瑞西达	你不能走；连句话都不让人说，
	一说你就恼。
狄俄墨得斯	我不喜欢这种捉弄。
忒耳西忒斯	（旁白）我也不喜欢，凭冥王为证；我不喜欢的事却最让
	我高兴。
狄俄墨得斯	那么，我能来吗？什么时候？
克瑞西达	啊，来吧——噢，神哪！——你来吧——我肯定会遭报
	应。
狄俄墨得斯	到时候见。 下
克瑞西达	晚安；你一定要来。
	特洛伊罗斯，别了！我的一只眼睛还望着你，
	可是我的心已随着另一只眼睛调转了方向。
	啊，我们可怜的女人！在我们身上我发现了这个弱点，
	眼睛的错误支配着我们的心意：
	受错误的引导一定会犯错。噢，结论是
	心意随着眼睛流转一定充满邪念。 下
忒耳西忒斯	这是她心迹最赤裸的表白，

	除非她说："我的心已经变成了娼妓。"
尤利西斯	一切都完了，殿下。
特洛伊罗斯	是的。
尤利西斯	那么，我们还留在这里干什么？
特洛伊罗斯	我要把他们说的话 一字一字地刻印在我的灵魂里。 可如果我把这两个人的丑态说出去， 纵是实情，可是否像撒谎？ 因为我心中有一个信念， 也是一个根深蒂固的希望， 不肯接受眼睛和耳朵的见证， 总认为这两个器官的功能就是欺骗， 只会造谣中伤。 刚才那真的是克瑞西达？
尤利西斯	我可不会驱魂弄鬼，特洛伊人。
特洛伊罗斯	那肯定不是她。
尤利西斯	千真万确正是她。
特洛伊罗斯	啊，我的否定并没有发疯的意味。
尤利西斯	我也没有疯，殿下：刚才此地现身的正是克瑞西达。
特洛伊罗斯	为了女人的尊严，不要相信那是克瑞西达！ 想想吧，我们都有母亲；不要给 那些顽固的批评家机会，让在他们在找不到诽谤的题目时 拿克瑞西达的例子衡量一切女人； 还是宁愿相信那不是克瑞西达吧。
尤利西斯	殿下，她做了什么事，能让我们的母亲蒙羞？
特洛伊罗斯	她没做什么，除非刚才的女人真是她。

忒耳西忒斯	（旁白）他高谈阔论，就是为了不相信自己的眼睛吗？
特洛伊罗斯	这是她吗？不，这是狄俄墨得斯的克瑞西达。
	如果美丽有灵魂，这就不是她。
	如果灵魂指导着誓言，如果誓言是神圣的，
	如果凡神圣的，必是神所喜悦的，
	如果天道依然恒久不变，
	这就不是她。啊，疯狂的说教，
	通过虚假的权威，
	它的论证支持自身又反驳自身，
	理性可以违背自己而不至于毁灭自己，
	失去理性却显得理性而不至于自我矛盾！
	这既是克瑞西达，又不是克瑞西达。
	在我的灵魂中交织着一场奇异的战争，
	一件不可分割的东西
	竟然分离得比天空和大地还要遥远，
	分离之后的广阔空间
	留下的缝隙却又容不下穿过一根破碎的丝线。
	证据啊，证据！像地狱之门一样坚实的证据表明
	克瑞西达是我的，用上天的红线缔结在一起；
	证据啊，证据！像苍天在上一样明确的证据显示
	上天的红线滑落了、松动了、散开了，
	另一种由俗世的手指捻成的绳结，
	把她忠贞的碎片、爱情的残渣，
	反复咀嚼过的忠贞的残汁剩汤
	与狄俄墨得斯缔结孽缘。
尤利西斯	尊贵的特洛伊罗斯能够体会到
	他所表达的这种情感的一半吗？

特洛伊罗斯	是的，希腊人，战神热恋维纳斯，
	他的心被炽热的爱情燃得通红，
	我的爱可以用和战神的心一样鲜红的字
	书写表白。从来没有一个年轻人
	用我这样恒久而坚定的灵魂爱过。
	听着，希腊人：我对克瑞西达的爱有多深，
	我对她的狄俄墨得斯的恨就有多深。
	他要戴在头盔上的衣袖是我的；
	纵然那头盔是巧夺天工的神匠打造，
	我的剑也会将它劈开。
	纵然航海人所称之为的飓风所卷起的
	滔天水柱，被气势强大的巨龙吞吐
	轰轰隆隆震晕海神涅普顿的耳鼓
	再以雷霆万钧之势砸向海面，也不及我的利剑
	劈向狄俄墨得斯那般迅猛干脆。
忒耳西忒斯	（旁白）那是他偷女人的报应。
特洛伊罗斯	啊，克瑞西达！啊，负心的克瑞西达！负心，负心，负心！
	比起你被玷污的名字，
	一切不忠都显得光荣。
尤利西斯	噢，克制自己吧；
	你的怒火惊动人朝这边来了。

埃涅阿斯上

埃涅阿斯	我一直在找您，殿下。
	赫克托耳此时正在特洛伊披挂甲胄。
	护卫您的埃阿斯正等着送您回家。
特洛伊罗斯	我和你一同回去，王子。——礼仪周到的将军，再会。
	别了，负心的美人！还有，狄俄墨得斯，

站稳当，顶一座堡垒罩你脑袋上吧!

尤利西斯　我送您到大门口。

特洛伊罗斯　请接受我心烦意乱的致谢。　特洛伊罗斯、埃涅阿斯与尤利西斯下

忒耳西忒斯　但愿我能遇上那个混蛋狄俄墨得斯! 我要像乌鸦一样对他叫: 我要给他不祥之兆，我要给他不祥之兆。我要把这婊子的事告诉帕特洛克罗斯，他肯定愿意给我想要的任何报酬。一个鹦鹉为了一颗杏仁，也不比他为了一个人尽可夫的娼妓更乐于忙活。淫荡，淫荡，战争和淫荡，最时髦的就是这两样。愿浑身火焰的魔鬼抓了他们!　下

第三场　/　第十六景

特洛伊

赫克托耳与安德洛玛刻上

安德洛玛刻　我的夫君什么时候这么脾气暴躁，
耳朵根本听不进劝告?
脱下甲胄，脱下甲胄，今天不要出战。

赫克托耳　你在激怒我对你无礼: 赶快进去。
凭所有永恒的天神发誓，我要去!

安德洛玛刻　我的梦会应验，今天是个不祥天。

赫克托耳　别说了。

卡珊德拉上

卡珊德拉　我哥哥赫克托耳呢?

安德洛玛刻	他在这儿，妹妹，全副武装，杀气腾腾。
	和我一起大声恳求他，
	我们双膝跪地哀求他：我梦见了
	流血和混乱，昨天一整夜
	梦里全是各种屠杀，惨象连连。
卡珊德拉	啊！是真的。
赫克托耳	喂！把我的号角吹响！
卡珊德拉	看在上天的份上，不要吹起进攻号，我的好哥哥。
赫克托耳	走开，我说；天神已经听到了我的誓言。
卡珊德拉	对于暴怒而激愤的誓言，天神充耳不闻；
	那是不洁的祭礼，
	比用污秽的肝脏献祭更遭憎恨。
安德洛玛刻	噢！听我们的劝告吧！不要以为忠于誓言而伤害人
	就是神圣；不要因为我们希望慷慨布施
	而假慈善之名使用暴力盗窃和抢劫
	也算合法。
卡珊德拉	用意如何决定誓言是否强大；
	用意不善的誓言没有约束力；
	解下甲胄吧，亲爱的赫克托耳。
赫克托耳	我要你们安静；
	我的荣誉主导我的命运：
	生命为每个人所珍惜，但尊贵的人
	把荣誉看得远比生命更珍重。——

特洛伊罗斯上

	怎么了，年轻人？今天你要上战场？	
安德洛玛刻	卡珊德拉，去叫父亲来劝说。	卡珊德拉下
赫克托耳	不，你不要去，年轻的特洛伊罗斯；解下铠甲，年轻人；	

　　　　　　　我今天充满了骑士精神。
　　　　　　　让你的筋骨长得再强壮些，
　　　　　　　现在不要去冒险探试战争的锋芒。
　　　　　　　脱下甲胄，去，不要迟疑，勇敢的孩子，
　　　　　　　我今天要为你、为我、为特洛伊战斗到底。

特洛伊罗斯　兄长，你太仁慈了，这个弱点
　　　　　　　于狮子 [1] 尚可，对勇士却不宜。

赫克托耳　什么弱点？好特洛伊罗斯，指出来责备我吧。

特洛伊罗斯　有很多次，希腊人战败倒地，
　　　　　　　你利剑生风已高举，
　　　　　　　却叫他们起身逃命去。

赫克托耳　那是正大光明之战斗。

特洛伊罗斯　天哪，那是愚蠢迂腐的行为，赫克托耳。

赫克托耳　那又怎样？又怎样？

特洛伊罗斯　看在所有天神的份上，
　　　　　　　让我们把恻隐之心留给我们的母亲，
　　　　　　　当我们的盔甲披挂停当，
　　　　　　　要让恶毒的仇恨驾驭我们的利剑，
　　　　　　　肆意杀戮，毫不留情。

赫克托耳　呸，野蛮，呸！

特洛伊罗斯　赫克托耳，这就是战争。

赫克托耳　特洛伊罗斯，我今天不要你出战。

特洛伊罗斯　谁能不让我去？
　　　　　　　命运、命令，还有握着火红权杖的战神手臂
　　　　　　　都不能拦住我；

1　狮子（lion）：人们通常认为狮子作为最高贵的野兽，会放过那些毫无抵抗力的猎物。

哪怕普里阿摩和赫卡柏双膝跪地，

满眼含泪苦苦哀求也不行；

即便你，我的兄长，拔剑相向把我拦，

也休想阻止我，

除非毁灭我。

普里阿摩与卡珊德拉上

卡珊德拉　　拖住他，普里阿摩，抓牢他：

他是你依靠的拐杖；你依仗他，

整个特洛伊依仗你，如果你松开了你的依仗，

大家会一起倒下。

普里阿摩　　来，赫克托耳，来，快回来：

你妻子做过噩梦，你母亲看到灾象，

卡珊德拉预见不详，我自己

像突然得到了神启的先知，

告诉你今天不吉利：

所以回来吧。

赫克托耳　　埃涅阿斯已经上了战场，

我与许多希腊人有约在先，

甚至还以武士的荣誉起誓，

今天早上一定要与他们战场上见。

普里阿摩　　可是你不该去。

赫克托耳　　我不能违背诺言。

你知道我一向孝敬您：所以，亲爱的父亲，

不要让我冒不敬之名；

请您亲口准许我出征，

应允刚才您禁止我做的事情，尊贵的普里阿摩。

卡珊德拉　　啊！普里阿摩，不要依从他！

安德洛玛刻	不要啊，亲爱的父亲。
赫克托耳	安德洛玛刻，我生你的气了；
	为了你对我的爱，快进去。 安德洛玛刻下
特洛伊罗斯	这个愚蠢的、梦呓的、迷信的姑娘，
	这种种恶兆都是她编造。
卡珊德拉	啊，别了，亲爱的赫克托耳！
	看，你死得有多惨！看，你的眼球翻白了！
	看，你满身很多伤口都在流血！
	听，特洛伊的呼号惊天动地，赫卡柏的痛哭撕心裂肺，
	可怜的安德洛玛刻用刺耳的尖叫表达她的悲痛！
	看啊，到处是疯狂、混乱和惊慌，
	人们六神无主，面面相觑，
	到处在哭喊，"赫克托耳！赫克托耳死了！噢，赫克托耳！"
特洛伊罗斯	去！去！
卡珊德拉	别了。且慢：赫克托耳，我要向你道别；
	你辜负了你自己，也辜负了我们全体特洛伊人。 下
赫克托耳	您被她的哭嚷惊呆了，父王。
	进去安抚臣民吧；我们要出城作战，
	夺取光荣，晚上回来讲给您听。
普里阿摩	再会。愿神明保佑你们平安！

普里阿摩与赫克托耳分头下。警号

特洛伊罗斯	听！他们开战了。骄傲的狄俄墨得斯，相信我，
	除非我的胳膊被砍了去，一定要把我的衣袖夺回来。

潘达洛斯上

潘达洛斯	您听见了吗，殿下？听见了吗？
特洛伊罗斯	什么事？
潘达洛斯	这有那可怜女孩的一封信。（递过一信）

特洛伊罗斯	我看看。
潘达洛斯	这令人厌恶的咳嗽，讨厌的、混账的咳嗽害得我好惨； 再加上这女孩愚蠢的命运，一会儿这事，一会儿那事， 我将不久于人世了；我的眼睛不断流泪，骨头里酸痛[1]，除 非是受了诅咒，这到底怎么回事我真是想不通。她在信 里说什么？
特洛伊罗斯	空话，空话，只是空话，没有丝毫真情实意； 说的话和做的事完全背离。（撕信） 去吧，风一样的空话随风去，翻转变成一阵风。 她用空话和欺骗应付我的爱； 却用行动满足另一个人。
// 潘达洛斯	哎呀，听听你说的什么话？ //
// 特洛伊罗斯	滚开，马屁精！耻辱和羞愧 // // 追着你一生，和你的名字形影不离！ //

警号。同下

第四场 / 第十七景

特洛伊和希腊营地之间的战场上

忒耳西忒斯在混战进行中上

忒耳西忒斯　　现在他们相互厮打起来了，我要去看热闹。那个骗人的

---

1 眼睛流泪和骨头酸痛均是梅毒的症状。

叫人恶心的无赖，狄俄墨得斯，把那个同样下流、痴迷、愚蠢的特洛伊小坏蛋的衣袖戴在了他的头盔上。我巴不得看他们打到一处，看看那个特洛伊小傻瓜，他也同样爱着那婊子，怎么把那个顶着衣袖、专爱婊子的希腊淫棍打回去，叫他无袖而返，退回到那个骗人成精、淫荡成性的娼妓身边。在另一边，那两个狡猾奸诈、发誓赌咒从不算数的老流氓——涅斯托耳那个发馊的、老朽的、被老鼠啃过的干奶酪，还有同样狡猾的老狐狸尤利西斯——他们的计谋简直连一颗黑莓都不值。他们设计用埃阿斯那条杂种狗去对付同样坏蛋的恶狗阿喀琉斯。现在埃阿斯那狗东西比阿喀琉斯那狗东西还要骄傲，今天他不肯披挂上阵，所以，希腊人开始声称他们回归野蛮状态，耍奸弄计无人理睬。

狄俄墨得斯与特洛伊罗斯上

　　　　　　　轻声点！戴衣袖的来了，另一位也追来了。

特洛伊罗斯　　不要逃，任你逃到地府冥河，
　　　　　　　我也要泅水把你捉。

狄俄墨得斯　　你说错了；
　　　　　　　我不是逃；时不利我难招架，
　　　　　　　我抽身撤退往回跑。
　　　　　　　看招！

忒耳西忒斯　　保住你的婊子，希腊人！为了那婊子使劲儿打，
　　　　　　　特洛伊人！把衣袖夺下，把衣袖夺下！

　　　　　　　　　　　　　　　　特洛伊罗斯与狄俄墨得斯且战且下

赫克托耳上

赫克托耳　　希腊人，你是谁？是否想和赫克托耳决高下？
　　　　　　　你是贵族和军人？

忒耳西忒斯　不，不，我是个无赖，一个卑鄙下贱的流氓，肮脏龌龊的
　　　　　　流浪汉。

赫克托耳　我信你的话：活命去吧。　　　　　　　　　　　　　下

忒耳西忒斯　神明保佑你，你居然信我；不过愿你的脖子咔嚓给劈断，
　　　　　　因为你吓了我一跳！那两个扭成一团的坏蛋咋样了？我
　　　　　　想他们已经把对方吞到肚里了；这等奇事如果有，那可
　　　　　　真叫人笑话——不过，不管怎么说，淫荡之人总会自食
　　　　　　其果。我要追着他们看。　　　　　　　　　　　　　下

第五场　/　景同前

狄俄墨得斯及众仆人上

狄俄墨得斯　去，去，我的仆人，你去牵特洛伊罗斯的马；
　　　　　　把这漂亮的骏马献给我的爱人克瑞西达。
　　　　　　伙计，代我向她的美貌致敬；
　　　　　　告诉她我已经惩罚了那个特洛伊情种，
　　　　　　用事实证明我是她的骑士。

仆人　遵命，主人。　　　　　　　　　　　　　　　　　　下

阿伽门农上

阿伽门农　重新集结，重新集结！凶猛的波吕达玛斯
　　　　　　打倒了墨农；私生子玛耳伽瑞隆
　　　　　　活捉了多柔斯，
　　　　　　他像一尊活灵活现的巨人雕像，挥舞长枪，

　　　　　　脚踏在厄庇斯特洛福斯和刻狄俄斯两位国王

　　　　　　千疮百孔的尸体上；波吕克赛涅斯被杀死了，

　　　　　　安菲玛科斯和托阿斯受了致命伤，

　　　　　　帕特洛克罗斯被擒被杀下落不详；帕拉墨得斯

　　　　　　遭到重创。那半人半马的可怕怪物[1]

　　　　　　把我们的人吓得魂飞魄散；赶快增援，狄俄墨得斯，

　　　　　　否则我们全军覆灭。

涅斯托耳及众兵士上

涅斯托耳　　去，把帕特洛克罗斯的尸体抬到阿喀琉斯那里，

　　　　　　叫像蜗牛一样慢吞吞的埃阿斯披挂整齐。

　　　　　　战场上仿佛出现了一千个赫克托耳：

　　　　　　他一会儿在这里纵马驰骋挥剑起，

　　　　　　一会儿在那里没有对手能敌及；瞬间见他在这里徒步奔袭，

　　　　　　遇上者或逃或亡，像一群碰上了喷水巨鲸的

　　　　　　晕头小鱼；忽而他又出现在那里，

　　　　　　四处逃窜的希腊人像待割的稻草，

　　　　　　一捆一捆在他的利刃下引颈受死。

　　　　　　这里，那里，他无处不在，杀戮饶命全由他做主；

　　　　　　身手敏捷，随心所欲

　　　　　　他想怎样就怎样，战果辉煌，

　　　　　　不可思量。

尤利西斯上

尤利西斯　　啊，鼓起勇气呀，勇气，诸位君王！伟大的阿喀琉斯

　　　　　　正在披挂甲胄，流泪，咒骂，发誓要复仇；

1　半人半马的可怕怪物（sagittary）：希腊神话中的半人半马怪，传其为特洛伊人而战，以高
超的箭术闻名。

帕特洛克罗斯的伤口激起了他昏睡的热血，
还有他手下受伤的密耳弥冬兵士，
缺鼻子、断手、被削的、被砍的都一起涌向他，
哭诉赫克托耳的杀戮。埃阿斯失去了一位朋友
恼得他咬牙切齿，已经全副武装奔战场，
咆哮着要找特洛伊罗斯拼命。特洛伊罗斯今天
猛杀猛打，愤怒而疯狂，
出生入死，横冲直撞，
全然不把自己的性命放心上；
好像命运之神蔑视他对手的智谋，
成全他大获全胜。

埃阿斯上

埃阿斯　　　　特洛伊罗斯，你这懦夫特洛伊罗斯！　　　　　　　下
狄俄墨得斯　　啊，在那里，在那里。
涅斯托耳　　　对，对，我们兵合一处杀过去。　　　　　　　　　　下
阿喀琉斯上

阿喀琉斯　　　赫克托耳在哪里？
　　　　　　　　来，来，你这杀小孩的家伙，现身出来；
　　　　　　　　看看遇到愤怒的阿喀琉斯是何等模样。
　　　　　　　　赫克托耳？赫克托耳在哪里？别人且放过，我只要赫克
　　　　　　　　托耳。　　　　　　　　　　　　　　　　　　　　　下

第六场 / 景同前

埃阿斯上

埃阿斯 　特洛伊罗斯，你这个懦夫特洛伊罗斯，脑袋露出来！

狄俄墨得斯上

狄俄墨得斯 　特洛伊罗斯，喂！特洛伊罗斯在哪里？

埃阿斯 　你找他干什么？

狄俄墨得斯 　我要修理他。

埃阿斯 　等我做了元帅，你到了我这位置
才轮到你修理他。——特洛伊罗斯，喂！在什么地方，
特洛伊罗斯！

特洛伊罗斯上

特洛伊罗斯 　啊，奸贼狄俄墨得斯！转过你虚伪的嘴脸，你这奸贼，
牵走了我的马，我要你拿命赔！

狄俄墨得斯 　哈，那是你吗？

埃阿斯 　我要和他单打；狄俄墨得斯，闪在一旁。

狄俄墨得斯 　他是我的猎物；我不能袖手旁观。

特洛伊罗斯 　来吧，你们两个希腊骗子[1]，我一打二！

　　　　　　　　　　　　特洛伊罗斯与狄俄墨得斯及埃阿斯且战且下

赫克托耳上

赫克托耳 　呀，是特洛伊罗斯？啊，打得好，我的小兄弟！

阿喀琉斯紧追赫克托耳上

1　希腊骗子（cogging Greeks）：在古英语中，Greek 不仅可以指希腊人，也用来指"骗子，狡猾的人"，此处利用了 Greek 的后一种含义。

阿喀琉斯	我终于找到你了！接招，赫克托耳！（两人相斗）
赫克托耳	住手，你可以休息一会儿。
阿喀琉斯	我不稀罕你的礼让，骄傲的特洛伊人；

我的手臂久疏使用，你该感到庆幸；

我的休息和懒惰现在对你有好处，

但是不久你就会知道我的厉害；

趁时机未到，你且去把好运找。 下

赫克托耳 再会；

如果早知道遇上你，

我会抖擞精神数百倍。——怎么样，弟弟！

特洛伊罗斯上

特洛伊罗斯 埃阿斯拿住了埃涅阿斯。难道这就算了吗？

不，凭天上光焰四射的太阳发誓，

他不能把他虏了去；拼着我也被捉去，

也要把他救回来。命运之神，听我说明白：

我纵然命丧今日也在所不惜。 下

一人穿盔甲上

赫克托耳 站住，站住，你这希腊人；你是个好猎物。

不？你不愿止步？我很喜欢你的盔甲：

我要击碎它，再把铆钉全卸下，

不过我要成为它主人。畜生，你还不停步吗？

啊，你还逃，我要捉住你剥掉这层皮。 同下

第七场 / 景同前

阿喀琉斯率众密耳弥冬兵士上

阿喀琉斯　　过来靠近我身旁，我的密耳弥冬子弟兵。
　　　　　　听我把话讲：我走到哪里你们都要紧跟上，
　　　　　　不要挥动武器，但求把精神养，
　　　　　　等我找到那嗜血的赫克托耳，
　　　　　　亮出兵刃将他团团围在正中央，
　　　　　　用最残酷的手段使用你们的刀和枪。
　　　　　　跟上我，弟兄们，跟紧我的行踪；
　　　　　　伟大的赫克托耳今日注定把命丧。　　　　　众人下

第八场 / 景同前

忒耳西忒斯从远处上，墨涅拉俄斯与帕里斯且战且上

忒耳西忒斯　　那个乌龟丈夫和那个王八奸夫打起来了。打呀，公牛[1]！
　　　　　　打呀，公狗[2]！汪，帕里斯，汪！打呀，吃两个母鸡食儿

1　公牛（bull）：指墨涅拉俄斯，讽刺他因妻子被夺走而头上有犄角。
2　公狗（dog）：指帕里斯。纵狗咬牛是当时比较流行的一个消遣游戏，暗讽帕里斯低劣的品性。

的麻雀！[1] 汪，帕里斯，汪！那公牛要赢了。当心他的角，
嘿！ 　　　　　　　　　　　　　　　　帕里斯与墨涅拉俄斯下

私生子玛耳伽瑞隆上

玛耳伽瑞隆　　转身过来，坏蛋，开打。

忒耳西忒斯　　你是谁？

玛耳伽瑞隆　　普里阿摩的私生子。

忒耳西忒斯　　我也是个私生子；我喜欢私生子。我生来就是私生子，我
受到教养是私生子，心理上是私生子，勇气上是私生子，
样样事情上都不合法。一头熊不咬另一头熊，所以两个私
生子为什么要自相残杀？留神，这场战争的起因对我们最
不吉利：要是一个婊子的儿子为了一个婊子去打仗，他
会惹火烧身。再见，私生子。 　　　　　　　　　　　　下

玛耳伽瑞隆　　让魔鬼抓走你，懦夫！ 　　　　　　　　　　　　　下

第九场 / 景同前

赫克托耳上

赫克托耳　　一个极度腐烂的内核，外表却这般完好，
你这身好盔甲就这样送了你的命。
现在我一天的工作完成了；我要好好喘口气。

---

1 吃两个母鸡食儿的麻雀（double-henned sparrow）：指帕里斯，因为他有两个女人：海伦和
他的第一个妻子俄诺涅（Oenone）；麻雀与淫荡相关，母鸡是女人 / 娼妓的贬义用词。

歇会吧，我的剑，你已经饱餐鲜血和死亡。

（摘下头盔，将盾牌挂在背后）

阿喀琉斯及其密耳弥冬兵士上

阿喀琉斯　　　看！赫克托耳，太阳开始降落；

丑陋的黑夜喘息着紧随其后：

随着太阳西沉，天色暗淡，

合上了白昼的眼睛，赫克托耳的生命就此完结。

赫克托耳　　　我没有披挂武器；不要趁此讨便宜，希腊人。

阿喀琉斯　　　杀呀，弟兄们，砍啊！这就是我要找的人。

（他们攻击，赫克托耳倒地）

伊利姆王宫，随着倒下吧！特洛伊，沉没吧！

这里躺着你的心脏、你的筋骨和你的脊梁。

撤！密耳弥冬子弟兵，大家齐声高喊：

"阿喀琉斯把强大的赫克托耳杀死了。"（收兵号起）

听！我们希腊军响起了收兵号。

一密耳弥冬兵士　将军，特洛伊人的号令和我们一样。

阿喀琉斯　　　黑夜的龙翼笼罩了大地，

像裁判，将两支军队分开。

我仅得半饱的宝剑本想大口朵颐，

对这份美味也觉满意，可安然入睡。（插剑入鞘）

来呀，把他的尸体绑在我的马尾上；

我要拖着这特洛伊人穿过战场。　　　　　　　　众人下

第十场 / 景同前

收兵号。欢呼声。阿伽门农、埃阿斯、墨涅拉俄斯、涅斯托耳、狄俄墨得斯及其他人列队上

阿伽门农　　听，听！那边喊什么？

涅斯托耳　　鼓声，停下来！

兵士　　　　（幕内？）阿喀琉斯！阿喀琉斯！赫克托耳死了！阿喀琉斯！

狄俄墨得斯　喊的意思是：赫克托耳死了，被阿喀琉斯杀死了。

埃阿斯　　　真是如此，也用不着自夸：
　　　　　　　伟大的赫克托耳不比他差。

阿伽门农　　大家悄悄行进。派一个人去
　　　　　　　请阿喀琉斯到大帐中见我。
　　　　　　　如果赫克托耳的死是天神对我们的眷顾，
　　　　　　　伟大的特洛伊已经归我们了，这场残酷的战争就要结束。

众人下

第十一场 / 景同前

埃涅阿斯、帕里斯、安忒诺耳与得伊福玻斯上

埃涅阿斯　　站住，喂！我们现在还主导着战场；
　　　　　　　不要回去，让我们忍饥挨饿熬过这个晚上。

特洛伊罗斯上

特洛伊罗斯	赫克托耳被杀死了。
众人	赫克托耳？天神绝不答应！
特洛伊罗斯	他死了，被绑在那凶手的马尾上，
	惨无人道地被拖过耻辱的战场。
	紧蹙眉头吧，天啊，赶快爆发你的愤怒！
	神啊，端坐在你的宝座上，对特洛伊微笑吧！
	我是说，迅疾降下灾祸就是你的慈悲，
	别再把我们注定的毁灭往后推！
埃涅阿斯	殿下，您这样会瓦解全军士气！
特洛伊罗斯	你没有理解我的意思才这样讲：
	我不是说逃跑、害怕和死亡，
	而是说要勇敢面对天神和世人即将施加给我们的
	所有危险。赫克托耳逝去了；
	谁去告诉普里阿摩？谁去告诉赫卡柏？
	谁现在去特洛伊说"赫克托耳死了，"
	他将永远被视为刺耳尖叫的不祥鸟。
	这一句话会使普里阿摩变石头；
	让少女和妻子像尼俄柏[1]一样泪如泉涌往下流，
	把年轻人惊成雕像彻骨凉，总之，
	会让特洛伊惊恐万状。但是，排好队列开步走：
	赫克托耳死了，无需多讲。
	且慢。你们这些肮脏可恶的帐篷，
	如此傲慢地搭建在我们的弗里吉亚平原上，

---

1 尼俄柏（Niobes）吹嘘自己生育甚多，孩子数量超过阿波罗和狄安娜的母亲拉托娜（Latona）。作为对她不敬神明的惩罚，她的孩子全部被杀，饱受丧子之痛的她变成了一块石头永远垂泪。

让太阳升起来吧，越早越好，

我要策马纵横将你们都踏平！还有，你这个身躯庞大的懦夫[1]，

任凭大地多辽阔，都不能把你我两人的仇恨分隔：

我要像邪恶的良心一样缠住你，

像能够迅疾如疯狂的念头一般幻化出妖魔鬼怪永不放过你。

迈开大步自由地走向特洛伊！走得要有勇气；

让复仇的希望掩藏我们内心的悲伤。

潘达洛斯上

潘达洛斯　您听我说，听我讲！

特洛伊罗斯　滚开，下贱的皮条客！耻辱和羞愧

追着你一生，和你的名字形影不离！

众人下。潘达洛斯留场

潘达洛斯　好一副医治我骨头疼[2]的良药！啊，世道，世道，世道啊！可怜的中间人就这样被看轻！啊卖国贼和皮条客，人们有求于你时多么殷勤，给你的报酬却这么寒碜！为什么我们的努力如此受鼓励，我们的成就却这般遭鄙视。可有诗为证？可有格言做凭？让我想想：

未失蜂蜜和蜂刺，[3]

采蜜的蜂儿唱得满心喜欢。

一旦失去了它锋利的刺，

甜甜的蜜和甜甜的歌一起完蛋。

1　身躯庞大的懦夫（great-sized coward）：指阿喀琉斯。

2　骨头疼（aching bones）：暗示潘达洛斯患上了梅毒，这种病会损蚀骨头。

3　此句中的"蜂蜜（honey）"暗示"性快乐"或者"精液"；"蜂刺（sting）"暗示"勃起的阴茎"。

　　做皮肉生意的人们，把这几句话绣在挂毯上当座右铭吧：
　　这里凡是干皮肉生意这一行，
　　请为潘达的潦倒从你半瞎的眼睛挤点泪；
　　如果哭不动，也请呻吟几声，
　　即便不为我，也为你骨头疼。
　　倚门卖笑的哥们姐们，
　　两个月之后我就把遗嘱留：
　　本该现在写，可是我害怕，
　　害花柳病的温彻斯特妞儿们 1 会骂我。
　　等我发发汗也把疼减轻，
　　那时再传给你们我的病。　　　　　　　　　　　　　下

1　温彻斯特妞儿们（goose of Winchester）：当时伦敦萨瑟克区的妓院归温彻斯特主教管辖，所
　　以温彻斯特的妞儿们实际指妓女。

四开本较对开本多出的段落

上接第 90 页"但是赞扬自己"之后：

　　　是通过别人的眼睛：眼睛自身——
　　　那最精美的感官——看不到自己。

上接第 116 页"帕里斯正是这么突如其来的一吻，就得逞了。"：

　　　你和你的理由也因此分离。

上接第 130 页"腹绞疼、氙气、伤风、肾结石、嗜睡症、瘫痪"之后：

　　　烂眼圈、肝腐烂、哮喘、膀胱化脓、坐骨神经痛、手掌牛皮
　　　癣、无药可治的骨头疼，以及终生不愈的水疱疹。

1609年四开本的一些版本中有以下前言片段：

一个前所未有的作者致恒久不变的读者。新戏公告。

永恒的读者，你现在看到的是一部新戏，从未沾染过舞台的尘埃，从未闻听过粗俗之辈手掌噼里啪啦的节拍，却能赢得喜剧行家里手的一致喝彩；因为它来自你们对任何喜剧从不徒然肯定的头脑。但愿只是把喜剧那些虚夸的题目改成寻常的商品名称，或诚恳的戏剧题目，你会发现所有那些重要的审查者，虽则他们现在都迎合这种虚荣浮华，就会众口一词夸耀它们的庄严的主要魅力，尤其对这个作者的喜剧，其对人生的描写如此贴切精辟，可以看作是对我们生活中所有行为之最具代表性的揭示，如此娴熟地表现了智慧的机敏和力量，以至于最不喜戏剧者亦喜看他之喜剧。所有从未能体会喜剧之智慧的乏味而严肃的世间俗人，根据他们对其喜剧的效果表现前来观看，发现那里有他们从未在自身发现的智慧，离开时比他们来时更加机智：感觉到比以往任何时候都多的智慧之锋芒，超过他们曾梦想自己所能承受的分量。在他的喜剧中，智慧如此之多，对智慧的享受如此之酣畅，就其快乐的巅峰而言，它们仿佛产生于诞生过美与爱神的维纳斯的海洋。机智诙谐多如是，闻所未闻。但凡时间充足，我将对此一一历数，虽则我知道这毫无必要，因为如此赘述，会使你们觉得汝等之体验被预先设定好，但是，即使尽我所能极力赞誉，亦觉言语贫瘠。它值得这样赞誉，正如泰伦提乌斯[1]和普劳图斯[2]之最好的喜剧。请相信，当斯人一逝，他的喜剧脱销断货，你们将拼命

1　泰伦提乌斯（Terence，约前190—前159），古罗马喜剧作家。——译者附注
2　普劳图斯（Plautus，约前254—前184），古罗马喜剧作家。——译者附注

抢夺，并建立新的英国宗教裁判所。以此为戒，面对你们损失快乐之危险，以及判断力丧失之忧虞，对此剧勿拒绝，勿少爱，因为置身于广大观众浓重的呼吸中并不丢脸，反而应感谢命运之垂青，带它现身于你们当中。因为根据伟大的此剧拥有者的意愿，我相信你们本应该为能够庆幸看到此剧而祈祷，而不是被祈祷着去观看。所以我为所有这些不称赞这部戏的人祈祷，为了他们智慧的健康状况，也要去看这部戏。再会。

译后记

刁克利

和莎士比亚的这次相遇源于辜正坤先生的电话。

2013年3月初，一个周二上午，下课后，打开手机，一个未接电话。我回拨过去："对不起，我刚才上课。您是？""辜正坤。刁老师，外研社要出一套莎剧重译。从你给我的信中，我觉得你的文笔不错……"走出喧闹的教学楼，在人群的裹挟中，我真真切切地听清楚了正坤先生的每一句话。

在《诗性的拯救》、《诗性的对话》之后，我的又一本书《诗性的寻找》要在2013年写作完成，《英美文学欣赏》待修订，"现代作者理论研究"课题在如火如荼地进行中。我习惯提前做好一年的计划。这一年已经满满当当。

可是，谁能拒绝莎士比亚呢？

何况，是这种相遇的方式。不以人情名分，而以文笔邀约。若不是正坤先生的慧眼（假如我的译文不至于辱没他的英名）和胆魄（仅凭三两次四五行的电子邮件就能确定一个莎士比亚的译者），还有比这更浪漫的相遇吗？

莎士比亚这个四百多年前的英国作家，在时间的河流中，越来越高大、挺拔，仰之弥高。在人们的不断仰望中，他从一个鲜活生动的人变成了一座偶像。

和很多人一样，我从不同的高度望过他，在不同的距离与他相遇过。

第一回合的相遇是在读大学时。我买过一套朱生豪先生译的《莎士比亚全集》。潜心阅读中，我能觉出朱先生的冲天激情和横溢才华。战火纷飞中，颠沛流离间，他在翻译莎士比亚时，胸中涌起的风云和波澜，必不亚于连天的战火、遍地的狼烟。身外的离乱和动荡，合着他胸中的风云和波澜，这是怎样的冲击！凭借有限的辞书，他在译文中拼洒着他的青春，倾注着他的热血。这样的翻译，注定以生命为代价。

第二回合的相遇是在梁实秋先生的译文里。先读梁先生的《远东英汉大词典》。后来读到他洋洋四卷的散文集。再看到他的浪漫情书，最近又看到他的《英国文学史》。无论从大陆到台湾，他从不间断他的翻译；无论在热恋中，抑或哀悼时，他也不间断他的著述。这种工作方式很能说明他的翻译。他的机智和博学，他的克制与隐忍，都蕴涵其间。穷一人之力，完成莎士比亚全集的翻译，是每一位翻译家的梦想。而完成此项大业者，至今唯梁实秋先生一人。

第三回合的相遇是在刘炳善先生的课堂上。给我们授课时，刘先生正在编《英汉双解莎士比亚大词典》。他讲课的方法是一个学期一个剧本。先让大家打开各自的笔记本，第一页抄上剧名，以下在偶数页上抄写剧本，在奇数页上作注解。学期结束，每人都有一部自己注解的莎剧。后来到他的书房，印象至深者，是他的书桌很特别。三面桌子，他坐在中间，前方和左右取书写字皆方便。他的学术生涯是《英国文学简史》十余年，散文翻译写作近十年，十二年莎士比亚词典，又八年"词典续编"，一个人文学者黄金般的晚年都给了莎士比亚。最后几年，干脆将书桌移至医院，直到生命的最后时刻。

我料想，莎士比亚是一个有趣的人。做他的观众和读者，都相当开心。而用另一种语言传达他对英语的登峰造极的运用和那俯拾皆是的如珠妙语，逐字逐句地追随他，临摹他，靠近他，贴着他，则是一份智力与情商兼备的劳役，虽然其中亦有不足为外人道的乐趣。一代又一代的学者像接力爬山一样，朝向这座高山不停地登攀。成为其中的接力者，所承担的责任远远大于不敢有非分之想的所谓荣耀。

这个夏天，莎士比亚就这样站在了我的面前，立在了我的鼻尖处。

我知道，这一次的相遇是狭路相逢。

我相信，译者的状态会体现在他的翻译中。译文的字里行间，皆能触摸到作者和译者生命的温度。翻译莎士比亚，需要将自己的状态调整至极佳。

我打量了一眼自己：多多少少译过十四本书，讲授文学理论和英国文学经年，手边有更好的莎剧原著版本，案头有比前辈更丰富翔实的文献资料。我看一眼我的书房：这是客厅一端用屏风围成的隔断，六米见方，一张巨大的书桌在前，一张狭长的条案在侧。背后是墙，左边开放，和客厅连为一体，抬脚即可迈出。

我拥有无与伦比的视野。放眼西窗，妙峰山、八大处、玉泉山、香炉峰、百望山、鹫峰、凤凰岭一览无余。踱步阳台，圆明园、颐和园、清华、北大、中关村尽收眼底。回首北望，满眼是连绵不绝的群山和立于高山之巅的蜿蜒无尽的长城。这真是翻译莎士比亚的好地方。

2013 年盛夏，我郑重地翻开书页，目光停在了《特洛伊罗斯与克瑞西达》。